プラチナ文庫

天翔る光、翠楼の華

橘 かおる

"Ama Kakeru Hikari, Suiroh no Hana"
presented by Kaoru Tachibana

プランタン出版

イラスト／汞りょう

目次

※本作品の内容はすべてフィクションです。

「あれが、臨陽《りんよう》だ。ついにここまで来た」

六尺（百八十センチ）豊かな体軀《たいく》を誇る逞《たくま》しい武人が、小高い丘から眼下に広がる都市を見て慨嘆《がいたん》した。麟国《りんこく》国王、二十九歳になる光烈王翔麒《こうれつおうしょうき》である。戦うために来たのではないから、飾りの多い美々しい鎧《よろい》に身を固め、兜《かぶと》は傍《かたわ》らの侍臣に持たせ、日焼けした精悍《せいかん》な顔を真っ直ぐに視下に据えている。傍らで、よく似ているがやや若い顔がにっこりと笑った。王弟、王師左軍を預かる将軍史扇《しせん》。このとき二十六歳。

「本当に来ましたねえ。兄君が覇《は》を唱《とな》えるとおっしゃったときには、皆が無謀《むぼう》だと呆《あき》れたものでしたが」

声が軽い。軽いけれども、軽んじているわけではない。王となってわずか七年で偉業《いぎょう》を成し遂げた兄への畏敬《いけい》の念を、重くならないように表現しただけなのだ。自身佐将としてその偉業を助けてきた史扇ではあるが、自らの功より兄への尊崇で身を沸《わ》き立たせる弟だった。

「さて、行くか。今頃は使者が先触れを告げているだろうから、到着する頃には門も開かれていよう」

光烈王が鞭《むち》を上げると、休息していた士卒が一斉に威儀《いぎ》を整えた。馬に乗る者、兵車を御する者、そして歩兵が、光烈王の背後で整列する。

光烈王の黒馬と史扇の葦毛《あしげ》が牽《ひ》かれてきた。手綱を受け取りながら、史扇が笑顔を向ける。

「わくわくしますね。わたしは聖帝陛下に直にお会いするのは初めてなんですよ。……そう言えば兄君は陛下の即位式に赴《おもむ》かれたのでしたね。絵姿を拝見したときは、男だとわかっていても目を奪われましたけれど、まさかあそこまで美しい方ではないでしょう?」

興味津々で尋《たず》ねた弟の言葉で、光烈王はふと遠くを見る目つきになった。

「美しい、という形容ではとても言い表せないな」

思わず零《こぼ》れた独白は、史扇の耳には届かなかったようだ。

「え?」

聞き返した弟に、光烈王はにやりと笑って見せた。

「逢えばわかる」

はぐらかすように言って、ひらりと黒馬に跨《また》がった。

「行くぞ」

鞭を持ったままの腕を上げ、出発の合図を下す。史扇も慌《あわ》てて馬に乗った。

「そりゃあ、逢えばわかるでしょうが。わたしは兄君の感想を聞きたかったのです」

ぶつぶつと呟《つぶや》く史扇にちらりと眸をくれただけで、光烈王はすぐに正面に顔を向けた。

七年の辛苦《しんく》がいよいよ報《むく》われるときがきた。臨陽に行き、聖帝をこの手に抱く。思い定《さだ》めたその望みのために、長いようで短い、皇帝への道があった。


華王朝《かおうちょう》が立って十九代、聖帝珠泉《しゅせん》の時代が訪れている。在位七年。

華王朝は、帝が転生を繰り返すという思想の元、王朝が継承されている。すなわち、帝が亡くなった同時刻に産まれた嬰児《えいじ》の中から、帝の徴《しるし》を持っている子を生まれ変わりとして皇太子に擁立《ようりつ》し、成人となる十五歳に帝位に推戴《すいたい》する。

徴とはなんだ、というのが巷《ちまた》の大いなる関心を呼ぶのだが、華王朝の秘中の秘がおいそれと巷間《こうかん》に漏《も》れてくるはずもない。

そうした神秘な継承のしかたは王朝に、帝は人智《じんち》を越えた存在であるとの認識をもたらした。さらに、直接統治ではなく、華王朝を取り巻く諸国を従《したが》えて覇を唱えた王に皇帝宣《せん》下《げ》を行い、政権を委譲する形の政体であることも長く続いた一因となった。

珠泉の統治の初めは、先帝の時代に皇帝となった琥国《ここく》国王にそのまま政《まつりごと》を預けていたが、彼は少し前に病《やまい》で亡くなっており、皇帝空位の時代が続いている。

そして今回珠泉は、二十二歳にして初めて自らの皇帝を得た。新たな皇帝となる、麟国国王翔麒は、国王戴冠後、わずか七年で覇を唱え、資格を得た英雄であった。皇帝宣下を受けるために、王師を従えて麟国を出、嶺山の麓《ふもと》に広がる華王朝の首都臨陽へやってきている。前夜に、臨陽の外に特別に設《しつら》えられた壇で神霊と祖霊を祭り、身を清めてからの入京だった。

臨陽は皇城となって四百年を経た都である。華王朝の繁栄と足並みを揃え、殷賑《いんしん》を極めた都市だった。東西、南北とも一里四方の郭で囲まれ四門があるが、長い年月の間に郭の外にも邑が広がって、それらは外郭と呼ばれていた。対して宮城を抱えた内側は内郭である。

外郭に詰める衛兵は、予め連絡を受け、王の旗を立てた王師を最敬礼で迎えた。美々しく飾り立てられた兵馬が、大きく開かれた外郭の門をくぐり抜ける。

皇帝となるそのひとを一目見ようと、群衆が詰めかけていた。その前を数十乗の兵車が駆け抜け、騎馬が従う。その後ろに揃いの矛《ほこ》と盾《たて》を携《たずさ》えた歩兵が続いていた。軍の中程に煌《きら》びやかな鞍《くら》を乗せた巨馬が、悠々《ゆうゆう》と歩を進めている。艶《つや》やかに磨《みが》き立てられた馬体は漆黒で、御する光烈王は金銀玉で飾られた鎧を纏《まと》って馬に跨っていた。男盛りの精悍さの中に、若さが匂い立つような武人だった。

「新皇帝だ」

とため息にも似た囁《ささや》きが広がっていく。威風堂々《いふうどうどう》たる行進だった。

外郭の内をしばらく進むと、内郭への門に出る。そこもすでに大きく開かれていた。見物の人数はますます増えて、警戒に当たっていた者たちは汗だくになって群衆を抑えている。正門である鳳凰門《ほうおうもん》をくぐり、宮城への大道を真《ま》っ直《す》ぐ進んだところに、純白の壁が見えてきた。壁がきらきらと光っているように見えるのは、貝や玉が練《ね》り込まれているからだろう。

「綺麗ですねえ。しかも清浄な雰囲気を損《そこ》なっていない。さすがに帝がお住まいになる宮だ」

光烈王の傍らで、史扇が思わずと言ったふうに呟いた。

「そうだな」

光烈王も目の前の白壁を眩《まぶ》しそうに見た。

「ぜひ中にもお供したいのですが」

史扇はため息をつき、諦《あきら》めたように首を振った。兵は、ここからは入れない。王師を統率する史扇は、部下を指揮してここで待機するのだ。彼が聖帝の顔を見ることができるのは、皇帝宣下の後の祝宴まで待たなければならない。

「儀式のようすは、あとで詳しく教えてくださいね」

「ああ」

言葉少なく応じた光烈王は、馬を下りた。待ち受けていた宰相が進み出てくる。宰相は恭《うやうや》しく光烈王に拝礼し、奥へ導いていった。

朱塗りの大柱が巨大な棟《むね》を支えていた。甍《いらか》を連ねた屋根は見渡す限り続いていて、帝宮の広さは見当もつかない。見上げると彼方に幾つかの望楼が見える。その下のどこかに、聖帝珠泉がいるのだろう。

玉を刻《きざ》んだ階段を上り、石を磨き抜いた通路を進む。広い廊下の左右に百官が居並んで、新皇帝が前を通ると次々に拝礼して賀を寿《ことほ》いだ。何度か角を曲がり、長廊下の果て黒檀の扉に出る。中央に華王朝の印である大輪の牡丹《ぼたん》を置き、それを守護するように周囲に神獣（青龍、白虎、朱雀、玄武）を刻み込んだ重厚な扉だった。

侍臣の手で扉が左右に開かれると、螺鈿《らでん》作りの柱が並ぶ、煌びやかな広い部屋が現れた。光が差し込むと、嵌《は》め込まれていた玻璃《はり》が目映《まばゆ》く輝いて、訪れた者の眸を驚嘆させる仕掛けだ。聖帝の即位、皇帝宣下など、国の根幹に関わる行事のときにのみ使用される太極殿、正殿である。

左右に立っているのが大夫以上の官で、やはり光烈王の姿を見ると恭しく拝礼して、粛《しゅく》然《ぜん》と彼を迎えた。

踏み入れた正殿の奥に、薄絹が引き回された帝の御座所が見える。

光烈王はいったん立ち止まって薄絹の奥を透かし見るようにしてから、促《うなが》されて近寄っていった。後に続くのは、皇帝の戴冠を見届ける役の、麟国の大官数名のみ。

やがて御座所の前に進んだ光烈王が、礼に従って膝《ひざ》を突く。そのまま恭しく頭を垂《た》れていると、薄絹がさっと開かれる気配があった。すぐにも顔を上げたいのを我慢して待つ。

「光烈王翔麒、御前にまかり越しました」

廷臣が改めて帝の前で披露《ひろう》する。儀式の始まりである。

続けて光烈王が覇を唱えた盟主であるとの報告がなされ、

「皇帝の宣下あってしかるべしと存じます」

と締めくくって廷臣が下がる。そのあとを受ける形で宰相が進み出て、

「帝の思し召しを」

と促し、そこで始めて、聖帝が言葉を発する。

「光烈王翔麒、我を助けて政を司《つかさど》るか」

凛《りん》とした伸びやかな声であった。光烈王はいっそう深く頭を垂れ、

「御意」

とひと言で応じた。

「嘉納《かのう》する。冠《かんむり》を」

帝の求めに応じて、廷臣が皇帝の冠を捧《ささ》げ持って近寄っていった。華美な装飾を避けた黒一色の冠である。ただしよく見ると黒絹の細い糸で細やかな刺繍《ししゅう》が施《ほどこ》されている。光が当たると、黒絹の糸に捻り合わされた極細の銀糸が浮き上がって、きらきらと光を放つ。皇帝位に相応しい冠だった。

しゃらりと冠の歩揺《ほよう》が揺れる音がした。玉座から聖帝が立ち上がったのだ。そのまま御座所の端まで歩いてくる。光烈王がわずかに上げた視線の先で、長袖から覗《のぞ》いたほっそりとした指が、冠を取り上げるのが見えた。両手に捧げ持ってから、廷臣に合図を送る。

「光烈王翔麒、面《おもて》を上げよ」

廷臣が声を上げ、光烈王はそこで初めて顔を上げることを許された。足元まで隠した裳、金糸で鳳凰が縫い取られた垂れを辿《たど》り、ほっそりした腰に至る。錦繍《きんしゅう》の帯に、帝の証《あかし》である佩玉《はいぎょく》が見えた。染みひとつない純白の白玉である。

逸《はや》る胸の鼓動を抑えながら、光烈王はついにその人を見た。

白い小さな顔、その中に柔《やわ》らかな眉があり、艶やかな黒瞳があり、朱を点じたような唇があった。聖帝珠泉は、光烈王の予想を遥かに超える美貌の主に成長していた。

光烈王は息を呑み、視線を吸い寄せられたまま動けなくなった。

そのまま意識は七年前に飛ぶ。初めて珠泉を見た二十二歳のときの驚愕《きょうがく》。光烈王はそのとき珠泉に呪縛《じゅばく》されたのだ。


七年前。

臨陽は聖帝の登極を祝う人々で溢《あふ》れていた。王太子だった翔麒も麟国を代表する慶賀の使者としてこの地を訪れていた。

華王朝を推戴する国は、中心となる華国《かこく》を除いて五カ国ある。麟国、翠国《すいこく》、珊国《さんこく》、晶国《しょうこく》、琥国。このときは一代の慶事であるから、それぞれの国の王または王太子が直接参集していた。当然登極の式典に参加しながらも、各国間の外交が活発に行われている。琥国の王が皇帝として政を握っていたが、新帝となったからはまもなく皇帝も新しく選出されるはずだった。自国の王を皇帝に上がらせたいと思えば、各国とも他国の実力を値踏みすることに忙しい。

翔麒の母国麟国は、そのときまで一度も皇帝を出したことがなかった。五カ国の中ではやや下風に立つ国として認識されている。この先もそうした野望のない国であるから、ぴりぴりしている他の四カ国を尻目に、王太子、侍臣ともたいへん気楽に式典や宴《うたげ》を楽しんでいた。

東宮から帝宮への遷宮行列が発せられる日も、翔麒は暢気《のんき》に行列を見に臨陽の邑中にいた。即位式は新帝が帝宮へ入ったときから始まると言っていい。すなわち翔麒が本当に忙しくなるのは明日からなのだ。

帝の輦輿《れんよ》を見ようと詰めかけた群衆を掻き分け掻き分け、翔麒はようやく最前列に出た。従えてきた近臣とはこの人混みの中でいつの間にかはぐれてしまい、翔麒はひとりで立っている。今頃近臣たちは青くなって彼を探しているだろう。

やがて先触れの列が見えてくる。揃いの美々しい衣装に身を包んだ童子たちが、花を撒きながら近づいてきた。そのあとに香壺を抱えた従者が続き、周囲に馥郁《ふくいく》たる香りが広がっていく。純白の神馬が四頭進んだ後、いよいよ帝の輦輿が見えてきた。

ちょうど輦輿が翔麒の面前を通ったときだった。ふわりと徒《いたず》らな風が吹き過ぎた。輿の周囲の薄絹がそよそよと揺れ、どうしたことか垂れ幕が左右に開いた。新帝の顔が翔麒の眸に飛び込んでくる。

息が止まるかと思ったほどの麗容《れいよう》だった。

すぐさま隠れてしまった顔の残像を、翔麒の眸は焼き付いたように記憶している。

「玉顔……」

唇が、知らずその言葉を綴《つづ》っていた。そのとき聖帝は十五歳。自らの責務を認識しているかのようにきりりと結ばれた赤い唇、真っ直ぐ前を見据えた凜とした眼差《まなざ》し。黒瞳はさえざえと澄み切って、清《きよ》らかな光を湛《たた》えていた。陶器のように滑《すべ》らかな肌、整った白い花のようなかんばせが、その明眸《めいぼう》ひとつで柔弱に流れず、りりしい風情を保っている。

漆黒の漆を溶かしたようなぬば玉の髪は綺麗に結い上げられ、左右に一房ずつ垂れて白桃のような頬《ほお》を飾っていた。錦繍を纏い、冠から垂れた歩揺に光が当たってきらきらと輝いていたことまで、翔麒は鮮明に思い出すことができた。それが彼の進む道を変えた、運命の一瞬だった。

その翌日。

宮殿で儀式に臨《のぞ》む帝は遠い。翔麒は、遥かな彼方から帝のようすを望見するしかない。傍らに立つのは新帝の側近となる、華王朝の臣ばかり。麟国王太子といえども、言葉を交わせるほどの近くに寄ることは叶わなかった。

胸の内で焦燥《しょうそう》が沸き立っていた。このまま麟国に帰れば、帝はいっそう遠くなる。どうしたらいいか、どうにかならないのか、懊悩《おうのう》が翔麒の心身を苛《さいな》んでいる。だがいったい帝に対して自分がどうしたいのかすら、そのときの翔麒はわかっていなかった。ただ飢《う》えるように、彼方の小さな立像を眺めている。

　それを、翔麒の介添えとして付き添ってきた太傅《たいふ》が気がついた。

「どうなさいましたか」

　はっと無意識に揺れていた身体を止め、翔麒は傍らの老臣を見下ろした。言おうかどうかと迷うより先に、言葉が飛び出していた。

「帝の側に立ちたい」

　言ったあとで、それが自分の望みなんだと、ようやく腑《ふ》に落ちた翔麒である。わかれば気持ちも落ち着いてくる。まだ少し心の隅にざわつくものはありながらも、泰然《たいぜん》としたいつもの翔麒に戻った。

「それは……」

　反対に太傅の方は、仰《の》け反《ぞ》るほどに驚いた。帝の側に立ちたいとは、すなわち、

「太子は皇帝をお望みで？」

　思わず聞き返していた。

「皇帝？　どうして皇帝など……」

　言いかけて、翔麒ははっと帝の立つ座所を見た。華王朝の側近に囲まれた帝の側に、た

ったひとり異国の人間が付き添っている。

「琥国皇帝……」

彼は、先帝から政を預かり大過なく務めたために、そのまま新帝の皇帝に任じられている。しかし、すでにかなりの高齢であるからまもなく致仕し、新たな皇帝が選ばれるはずであった。

「そうか、皇帝になれば、帝の傍らに立てる。言葉も交わせる」

呟いた途端、翔麒は深いところから湧《わ》き起こった本当の望みに気がついた。傍らに立つだけではまだ不足である。この手で、帝の心身を抱き締めたいのだ。

玉を刻んで造り上げたような精緻《せいち》に整った小さな顔を間近で覗き込み、たおやかな身体をこの腕に閉じ込めて、赤い唇から零れる言葉を耳許で聞きたい。

腿の脇で、翔麒はぐっと拳《こぶし》を握り締めた。

相手は聖帝で、自分はただの王太子で。

しかし心は、まっすぐに帝に向かっていた。

「ならば、やむなし」

ざわつきの残っていた心が、今度こそ本当に落ち着いた。意志を眸の奥に沈め、心気が定まる。

太子の呟きを、太傅は蒼白な顔で聞いた。麟国の王が皇帝になるためには、いったいどれほどの苦難が待ち受けることか。他の四カ国は、麟国より富に勝り兵に勝り民に勝っている。そのすべてに劣《おと》る麟国が他の四国を凌駕《りょうが》しようなどと、夢物語としか思えない。

だが覇を唱えるとはそういうことだ。武力で圧倒するもよし、富力で従えるもよし、または外交で下風に立たせることができるなら、それでもいい。ようはその国の声望に他の四カ国がひれ伏すことを、覇を唱えるというのだ。

諫言《かんげん》しなくては、と思っても翔麒が眼差しに鋭気を漲《みなぎ》らせて、遥か彼方の新帝を睨《にら》んでいるのを見ては無駄だとわかる。

麟国は、国を挙げて不可能事である覇業に邁進《まいしん》していくしかない。

太傅の恐々《きょうきょう》たる気持ちを察することなく、翔麒は目を閉じて未来を思い描いた。鮮《あざ》やかに笑う珠泉の顔が浮かんだ。翔麒の腕の中で珠泉は、幸せそうにそして艶やかに微笑んでいる。今はまだ想像の中の景色でしかないが、必ず実現させる。

そのためには。

翔麒はかっと目を見開いた。自分のすべきことがひとつひとつ頭を過《よ》ぎっていく。太傅と違って、翔麒はそれが不可能だとは思わなかった。

「きっと彼を手に入れる」

翔麒の口許が、笑みの形にゆっくりと左右に開いた。

廷臣に囁かれて、光烈王ははっと我に返った。過去の思いに囚《とら》われてとんだ醜態《しゅうたい》を晒《さら》すところだった。自らに密かに舌打ちしながら、被《かぶ》っている王の冠を自ら外す。首を差し伸べると、どこかほっとしたような空気が流れた。

帝を見上げたまま動かなくなった光烈王に、居並ぶ官たちがそろそろ不審《ふしん》な眼差しを向け始めていたのだ。珠泉自身も、じっと見上げる光烈王の視線から眸を逸《そ》らすことができなくて、冠を捧げ持ったまま硬直していた。

「光烈王、冠を」

廷臣の言葉で光烈王が冠を外すと、呪縛が解けたように珠泉の手が新たな冠を被せ、細いひんやりした指が紐《ひも》を結んだ。さらに、冠の余分な紐をぱちりと切り落とす。

「光烈、我が民をよろしく頼む」

「精一杯務めます」

一礼して請けると、珠泉が光烈王に手を差し伸べた。その手を恭しく受ける。綺麗に手入れされた白魚のような手だった。触れた瞬間光烈王は、身内にぞくりと震えが走るのを覚えた。

珠泉はわずかに手を引き、光烈王に御座所に共に立つように促した。

ふたりして、一段と高い位置に並んで立つ。聖帝は文官の正装、そして皇帝は武官の正装が決まりとなっている。居並んだ大夫、官吏たちが一斉に拝跪《はいき》した。皇帝登極である。光烈王はこの後正史には、麟国皇帝、帝光烈と記載される。

並んで置かれた玉座に共に座り、祝辞を受ける。真っ先に進み出たのは華国宰相で、

「このたびの慶事、まことにおめでとうございます。安らかな御代が続きますよう、心よりお祈り申し上げます」

と恭しく頭を垂れた。続いて、麟国大使が進み出て自国を代表して言祝ぎの言葉を述べ、あとは順次官職に従って慶賀の辞を述べていく。

珠泉はわずかに紅潮した顔でそれぞれに頷《うなず》いていた。自らが初めて皇帝を持つという心の弾《はず》みが、そのまま表に現れているようだ。

光烈王はそれをちらちらと見ながら、緩《ゆる》みがちな頬を意識して引き締めていた。気持ちがそのまま表情を彩《いろど》るような珠泉の素直さを、微笑ましく思いながら。

ひととおりの祝辞がすむと、また薄絹の幕が引き回された。官たちの視線から隔《へだ》てられ

て、珠泉がほっと小さな息をついた。それは緊張から解放されてやれやれ、というため息に聞こえ、光烈王は仄《ほの》かに笑みを浮かべながら、隣の珠泉に顔を向けた。

退出の準備が整うまで、幕の中ではふたりきりだ。光烈王の視線にすぐに珠泉も気がついた。吐息を聞かれたとわかって、どこか面映《おもは》ゆそうだ。

「私が緊張してはおかしいか？」

光烈王の口許が緩んでいるのを自分への批判と取ったのか、珠泉が咎《とが》めてきた。拗《す》ねたふうに唇が突き出されている。二十二歳にしては、どこか稚気《ちき》の残る表情だ。それを眩しいもののように見ながら、

「いいえ、最初から気圧《けお》されていたこちらとしましては、なにやら同志のように感じているところです」

柔らかく受け流すと、珠泉の顔がぱっと輝いた。ほんの少し感じた不快も、同志と言った光烈王の言葉が押し流してしまったらしい。

「同志……。そう、同志なのだ、光烈王、いや光烈。私たちはこれからふたりで華王朝を背負って立つ。善政を敷いて民たちを導いていこう」

興奮したように言う珠泉を、光烈王は好ましげな眸で見つめた。許されれば今この場でも抱き締めたいほど、珠泉は可愛らしい表情を次々に見せる。

「お引き受けいたしましょう、珠泉様。けれどそれにはあなたの協力も必要です」

「もちろん、もちろん」

珠泉はにっこり笑いながら頷いた。そして笑顔のまま光烈王に手を振って見せた。

「光烈も帝になったのだから、私に様などつけなくてもいいのだぞ」

「……では、珠泉、と？」

「そうだ」

嬉しそうに珠泉が首肯《しゅこう》した。

光烈王は遥か彼方で見つめ続けた珠泉と、今傍らにある珠泉との差を、急速に埋めつつある。こうして親しく言葉を交わして、珠泉が意外に人懐《ひとなつ》こく、また身分をかさにもったいぶる人ではないとわかる。聖帝然としていた珠泉からは想像もできないほど気さくだった。それに幻滅《げんめつ》を感じるどころか、ますます好ましいと思っている。

自分の皇帝、というだけで、すでに全幅の信頼を置いている珠泉に、そんなに簡単に人を信用してはならないと忠告したくもあり、そのまま受け取っていたくもあり。やや複雑で幸せな懊悩が湧いたりもする。

「ところで光烈、ずっと以前から聞きたいと思っていたのだが、覇を唱えるというのは具体的に何をするのだ？」

興味津々《きょうみしんしん》で聞いてきた珠泉に、光烈王は思わずたじろいだ。

七年前帰国した光烈王は、まず父王に談判して譲位を実現させた。王にならなければ話は始まらない。父王は光烈王の決意を聞くと複雑な顔をしながらも、快《こころよ》く位を譲ってくれた。基本的に自分の息子を信頼していた人なのだ。

戴冠と同時に光烈王は、帝位を目指すと国内に触れを出した。最初戸惑《とまど》っていた国人も、光烈王が富国強兵への道を突き進み始めると、困惑を引きずりながらも従ってきてくれた。短期間で皇帝位まで駆け上がるには、相当の無理が必要だったが、国人が自分たちの王を信じて働いてくれたことが、ここまで駆け上がる原動力になったのだと思う。

しかし中には生々しい策謀《さくぼう》も裏切りもあったわけで、そうした権謀術数《けんぼうじゅつすう》のことを、この清澄《せいちょう》な人に聞かせていいのだろうか。あるいはやむを得ず武力に訴えたことなどを。

「お出ましの準備が整ってございます」

だから、外からかけられた廷臣の声にほっとしたのは、光烈王の方だっただろう。

「え？　もう？」

不満の声が発せられたものの、珠泉は今が儀式の途中だということをよくわかっていて、遅滞《ちたい》なく立ち上がった。

「望楼までご案内いたします」

臨陽を見下ろす望楼のひとつに立って、集まった民衆に新皇帝を披露する。それで儀式は終わりだった。その後は祝宴に入る。宮城でも、そして邑内でも、寿ぐための宴が始まる。

薄絹が上がり、御座所の左右に控えた臣がさっと絹布の巻物を転がして帝の道を造る。鳳凰と神獣が鮮やかに織り込まれた布の道を、珠泉が歩き出した。促されて光烈王も後に続いた。

布の道は切れることなく続いていき、聖帝と皇帝を望楼まで導いていく。儀式の最中のふたりは清浄な存在で、地にこもる悪霊のたぐいを寄せ付けないために、布の上を踏んで歩くのだ。

やがて望楼に上がったふたりは、集まってきたおびただしい民に並んだ姿を見せた。珠泉が軽く手を上げると、どっと歓声が上がる。見習え、と合図されて一歩進み出た光烈王も、珠泉の傍らで手を上げた。さらに歓呼の声が大きくなった。

「民は光烈を歓迎している。きっとよい治世になる」

笑顔で四囲を見ながら珠泉が囁いてきた。

「致しましょうとも」

望楼を下りると、珠泉は廷臣の手で奥宮に連れ去られた。いや、着替えに行っただけなので連れ去られるもないのだが、光烈王の感覚ではそうなる。ようやく傍らに立ち言葉も交わしてこれから、と思った矢先なのだ。

自分も臣に導かれて、祝宴の着替えのために部屋に向かいながら、いったいいつになったら珠泉を抱き締めることができるのかと、絶望的な思いにも駆られてしまう。七年間逢わずに我慢できたものが、ここに来てわずかの遅滞も苛立ちの元になっている。

宮城内に与えられた休息所で光烈王は鎧を解《と》いた。改めて衫《さん》（着物）を纏い、袍《ほう》を羽織る。帯をきりりと締めて軍刀ではなく宝剣を吊《つる》し、皇帝を表す黒玉の佩玉を垂らした。

準備ができた頃、史扇がやってきた。いつのまにか軍装を解いて、式服に着替えている。これなら礼にうるさそうな華王朝の老臣どもも納得するだろう、と考えたのは一瞬で、なぜ史扇がここにいる、と光烈王は彼を睨んだ。

「王師はどうした」

明らかに職務放棄である。光烈王の咎めに、

「次官に任せました。どうやら異変は起こる気配もありませんので。それに祝宴には参加してよいと、兄君もおっしゃっておられたではありませんか」

史扇はしゃあしゃあと抗弁《こうべん》してのける。光烈王は眸を怒らせて史扇を睨んだが、その手配をうっかりしていたことに気がつくと、もう何も言えなくなった。

「ひどい、忘れておられたのですね、兄君は」

わざと泣き伏す真似までする弟に、光烈王は呆れるしかない。

「全く、おまえは」

舌打ちした兄に、これで許されたと考えた史扇は、さらに確実な許可を得ようと、

「だって不公平ですよ。わたしも聖帝陛下にお会いしたい」

駄々《だだ》っ子のような口ぶりで言った。これでも史扇は、弓を取らせれば百発百中の腕を誇る武人である。軍の指揮にも秀《ひい》でていて、光烈王は史扇の作戦に否と言ったことがない。

「わかった、わかった。だがそんなに焦《あせ》らなくても、帝はまもなく一緒に麟国へ下られるのだ。道中でも、また宮廷に入ってからでも存分に拝謁が叶うだろうに」

「そのことですが」

光烈王の言葉に、史扇が急に真顔になった。

「帝が兄君と共に麟国へ下られるのは間違いないのですか？　先帝はずっと臨陽にいらしたと聞いていますし、また今の帝も即位以来琥国に赴かれたとは聞きません」

「おかしなことを言う。共同で政を行うのに、離れていてどうやって意志を通わせるのだ。先帝はたまたまお身体が蒲柳《ほりゅう》の質《しつ》で、温暖な臨陽にお留まりになったのだろう。また今帝にとっては琥国皇帝は自らの皇帝ではないが故に、お出ましにはならなかったのだ」

史扇の懸念を笑い飛ばした光烈王は、先触れの声を聞いて立ち上がった。

「職務放棄については、あとで詮議する。覚悟しておけ」

脅《おど》すだけは脅しておいてから、光烈王は機嫌良く史扇の肩を叩いた。

祝宴は、連なった堂宇の扉を開け放って行われた。中央の堂に光烈王と珠泉が座り、位階の高い順から周囲を取り囲んでいく。一番外側が陪臣、庭には庶人の姿もある。史扇は王弟ではあるが帝から見ると陪臣になるので、おそらく一番外側の堂にいるはずだ。

そこはかとなく光烈王はおかしみを感じている。無理をして出席しても、そんな遠くでは顔を拝することはできないであろうにと。

それに比べて自分は、間近で帝の顔を満喫できる。涼《すず》やかな声で「光烈」と呼びかけてもらえるし、柔らかな慈顔《じがん》も向けられた。至福、と言っていいだろう。これまでの様々な辛苦など、珠泉の笑顔ひとつで吹き飛んでしまった。

最初からこれだけ親しまれているのだから、珠泉の好意も相当自分の上にあると思ってもいい。麟国に下るときに誠心で口説《くど》けば、きっとこの気持ちも受け入れてもらえるに違いない、と光烈王はさして深刻には考えていなかった。

楽が奏《かな》でられ、舞人が優雅に舞い、様々な趣向が披露された。笑いさざめく廷臣たちや、代表として庭園まで通された民たちは、この穏《おだ》やかな平和が末永く続くようにと祈っているだろう。

華王朝に伝わり、慶事にだけ出される清酒は、心地よく喉を通り、光烈王の心を陶然《とうぜん》とした色に染め上げていく。傍らの珠泉も、小さな舌で舐《な》めるように清酒を味わっている。どうやら彼にとって酒は苦いもののようだ。

「光烈、おいしいか？」

こっそりと聞いてくる珠泉は、表情にこんなまずいものとあからさまに出している。

「甘露《かんろ》、と申し上げてよろしいでしょうな」

断言すると、珠泉は不満そうにまたちらりと舌を出して舐めた。

突然、あの舌を、思う存分吸い上げて舐《ねぶ》り回したい、と光烈王の内から激しい情欲が込み上げてきた。それを、ここではまずい、とすぐさま理性が消しにかかる。だが自らの欲望の有り様を、改めて突きつけられた気がする。自分はこの清らかな珠泉を見ているだけでは、我慢できないのだ。守りたい、保護したいと思いながら、邪《よこしま》な思いを消すこともできない。たおやかな身体を思う様抱き締めたい、とひたすら願う。

もっともこの思いは受け入れてもらえさえすれば、愛情という美名に変わる。早くそうあってほしいと祈りながら、光烈王は盃《さかずき》を傾《かたむ》けていた。

「光烈、ちょっと抜け出さないか」

宴がたけなわの頃、珠泉が悪戯っぽく光烈王に身体を寄せてきた。囁かれて目を瞠《みは》ったが、周囲を見ると誰もこちらに眸を向けていないようだ。

「いいでしょう」

光烈王は立ち上がり、珠泉に手を差し伸べる。珠泉は当然のように、そして嬉しそうにその手に自分の手を乗せた。

ふたりは堂宇を下りて庭に出た。後ろ姿を眸で追っていた者はいたが、庭に下りたくらいで騒ぎ立てはしない。

珠泉は庭をそぞろ歩いている民を珍しそうに見た。彼の立場では、こうした庶人を見ることすらないのだろう。

「話しかけてもいいのだろうか」

「さて、それは」

尋ねられて光烈王は困惑した。聖帝自ら声をかける行為は、果たして許されるのだろうか。訪れた王でも、直言ではなく官を通して言葉を賜《たまわ》るのが慣習だが。

考えて、光烈王はにやりと笑った。帝が自ら話したいというのだ。誰憚《はばか》ることがあろうか。

「どうぞ、御意のままに」

珠泉はひらひらと長い袖を振りながら、一番近くの老人に歩み寄っていく。祝宴を見物しながら、そこここに置かれた台から振る舞いを受けていた民たちが驚愕したように見守る中、珠泉は目指す老人の傍らまで行って話しかけた。

「楽しんでいるか？」

杖《つえ》をつき、孫に手を引かれていた老人は、盲《めし》いていた。相手が誰かもわからず、

「はい、楽しゅうございます」

とにこやかに答えている。側の孫の方が青ざめ震えていた。

「よき皇帝陛下を得られて、今帝陛下の御代はいよいよ栄えることでしょう」

言祝ぎの言葉を得て、珠泉が嬉しそうに光烈王を振り返る。光烈王が聞きましたよ、と頷くと、もう一度老人の方を向いて、話を続ける。

「その眸は治らぬのか？　誰ぞ薬師を使わそうか」

「ありがたい仰《おお》せですが、これは年のせいでございまして、誰にもどうすることもできません。ですがわたくしには手を引いてくれる孫もおりますし、気を配ってくれる嫁も父を大切にしてくれる息子もおりますから、けっして不自由はしていないのですよ」

見えなくても相手が貴顕《きけん》のひとりだくらいは感じるのだろう。老人は丁寧な応答をし、頭をひとつ下げて歩き去っていった。警護に立っていた兵が、珠泉と民を遮《さえぎ》ろうとするの

を、光烈王は珠泉にわからぬように止めた。そして別の相手に歩み寄ろうとする珠泉を守るように背後につき、思い通りに声がかけられるように気を配った。

聖帝が親しくお言葉をくださる、という噂がぱっと広がり、わらわらとひとが押し寄せてきた。けれどすらりと立った珠泉を見ると、皆気後れするらしい。話しかけられると誰もがしどろもどろになり、これには珠泉もどうしていいか困ったようだ。

何度も光烈王を見ては、どうしよう、と眉を下げている。そのたびに光烈王は、なんとか会話になるように、民の強張《こわば》る舌が解《ほぐ》れる言葉を添えてやった。

何人かと話した後、光烈王は「そろそろ」と珠泉に耳打ちする。堂上が少しざわついてきたようだ。ちらりと見ると、とんでもないことを帝に勧めたとばかり、こちらを睨む視線がたくさんある。光烈王には蚊《か》ほども感じられない睨みだったが、庭を警護する兵も多くがこちらに集まり、その分ほかの場所が手薄になっているのはまずい。頃合いだろうと珠泉を促した。

「わかった」

珠泉は素直に向きを替えた。おとなしく元の席に戻り、紅潮した顔を光烈王に向ける。

「光烈は物知りだな。馬車の車輪に輳《そう》と輻《ふく》があるなど、私は知らなかった」

話していたひとりがたまたま馭者《ぎょしゃ》をしている男で、そんな話題が出たわけだ。それはご存じないでしょう、とは光烈王は言わなかった。知らないことを知らないと素直に言う珠泉を好ましく感じただけだ。

「珠泉がご存知でわたしが知らないこともたくさんあると思いますよ」

そう光烈王が言ったとき、聞こえる範囲にいた官人がぎょっとしたように一斉に彼を見た。おそらく「珠泉」と呼び捨てにしたのを聞き咎めたのだろう。文句があるかと光烈が鋭い眸で見返すと、次々に眼を伏せていったが。正面切って言えないぶん、内にこもって陰湿《いんしつ》になりそうだ。

なるべく早く珠泉をこの連中から放したいと、光烈王は思った。

祝宴が終わった。

珠泉は名残惜《なごりお》しそうに光烈王を見ながら、近臣に連れられていく。明日も会えるのだから、と光烈王は笑顔でそれを見送ったのだが。その翌日、宿舎になっている客室を尋ねてきた官人の言葉に、みるみる眉間《みけん》に青筋を立てた。

「なんだと。いつまで臨陽に滞在するか、だと？　聖帝の遷座《せんざ》の準備ができるまでに決まっている」

「は？　遷座？　帝がどこに遷座なさるのです？」

素《す》っ頓狂《とんきょう》な声を上げた官人を、光烈王が怒鳴《どな》る。

「麟国に決まっているではないか。何を惚《ほう》けているのか」

光烈王が本気でそう思っていることを知ると、官人は表情を改めた。

「恐《おそ》れながら、聖帝が都から動かれることはありません。政は皇帝が自国で行い、その報告に年に一度上京するのが定めです」

「しかし、二代前の帝は、当時の皇帝の晶国に下られたではないか」

「そのあたりは臣ではわかりかねますが」

官人は困ったように首を傾《かし》げ、

「少なくとも、今帝が都を離れる準備がおこなわれていないことだけは申し上げられます」

断言されて、光烈王はむっつりと黙り込んでしまう。官人が嘘を言っているとは思えないが、ではいったい何処で齟齬《そご》が生じているのか。共に国を治めるというのは、ただの虚《きょ》言《げん》なのか。

そんな光烈王に、官人がおそるおそる伺《うかが》いを立てる。

「実のところ臣は、皇帝陛下にお返事をいただかないと復命ができないのですが」

「なんの返事だ？」

いらだちを無理に抑えた冷《ひ》えた声で聞き返す。真意はさっさと去れ、だったのだが、官人はそれでも果敢《かかん》に問いかけてきた。

「陛下が帰国の途につかれるときは、帝宮から邑外まで敷物を敷き花を撒いて慶祝しなければなりません。その準備のために、日時と道筋をお知らせいただきたいのです」

なんだと、と怒鳴りつけたい光烈王だったが、埒《らち》はあかない。無理に自分を抑えつける。自分の職務を第一に考えている官人に怒鳴っても、

「行列の宰領については役目の者がおる。そちらに聞け」

手を振って退けると、官人は、恭しく頭を下げた。

「承知いたしました。臣も直接陛下にお伺いするのは筋違いかと存じましたが、史扇将軍にこちらに伺うように言われまして」

「史扇に？」

官人が下がっていった後光烈王はしばらく考えていたが、事実を確かめるのが先、と立ち上がった。部屋を出ると、史扇が待ちかまえている。何か言いたそうにしている彼を無視して歩き出し、珠泉の住まう宮に向かう。史扇は仕方なさそうな顔をして、後ろからついてきた。

しかし、日常聖帝の起居する奥宮の手前で、光烈王は止められた。それも衛兵の矛で遮られるという無礼さだ。

「なぜだ。皇帝はいつでも帝に拝謁することができるのではないか」

「それは建前でございます。帝は尊貴なお立場ですから、みだりに拝謁は叶いません」

知らせを聞いて駆けつけてきた帝の側近が、光烈王に抗弁する。その面になんとしても会わせぬという覚悟が窺《うかが》えた。どうしてだ、と光烈王は疑問に感じた。が、まずは穏やかに聞き返した。

「ではどうすれば拝謁できるのだ?」

「儀典のすべてがつつがなく終わりましたからは、あとは年に一度の上京の折とか、よほどの一大事でなければ拝謁は叶わぬものと思し召しください。それが慣習でございますれば」

その後続けられた言葉は、要約すれば速やかに帰国せよという内容だった。言いながら、太師の職にあるその老臣は、わずかに侮蔑《ぶべつ》の色を浮かべている。皇帝になったことのない国主がその任を得ると、無知蒙昧《むちもうまい》で困るとでも言いたそうであった。

光烈王の手がぴくりと腰の剣に向かって動いた。背後から史扇が抑えなければ、怒りのあまりその老臣を切り捨てていたかもしれない。

そっと触れてきた手が、宥《なだ》めるように動き、光烈王は自分の立場を思い出した。だが、鋭気が迸《ほとばし》るのまでは止めようがなく、大きく息をついて一歩引いたときには、老臣はその場にへたり込んでいた。矛を構えた衛兵たちも腰が引けている。彼らはそのとき初めて、覇王としての光烈王の凄《すご》みを認識させられたのだ。

このままます気はない。誰が邪魔をしようと、珠泉に会う。おそらく珠泉は、自分が拝謁を申し込んで断られたことさえ知らないだろう。帰国したと聞いたら、黙って行ってしまった、と寂《さび》しく思うのではないか。

客室へ戻りながら、光烈王の胸にはひとつの決意が固まっていた。

部屋に戻ると、史扇が近習に酒を言いつけ、光烈王の手に押しつけた。

「まずは、お気を鎮《しず》められませ」

「気など、昂《たかぶ》ってはおらぬ」

言いながらも光烈王は酒杯を受け取った。謀を巡らさなければならないのだ。酔っている暇はない。けれど、怒りで全身が沸き立っているせいか、ひどく喉《のど》が渇《かわ》いていた。

「おや、左様で」

軽妙に受けながら、史扇は笑った。

「わたしの口では信用していただけないかと思いまして、官人を直接差し向けたのですが。結果として、思った以上に華王朝の臣の頑迷《がんめい》さを見せつけられましたな。まさか皇帝である兄君を矛で遮ろうとは、不敬極まりない。彼らが皇帝をどれだけ軽んじているかという証拠でしょう」

うるさい、と光烈王は史扇を睨む。側でごちゃごちゃ言われると考えがまとまらない。

「おお、怖い。そんな眸で睨まれると、千里の彼方に逃げ出したくなります」

史扇は怯《おび》えたふうを装《よそお》って肩を縮めてみせたが、眸はしっかりと光烈王の眼差しを受け止めていた。

「どうなさいますか。よもやこのまま帰国なさるのではないでしょうな」

「あたりまえだ。そもそも官は、帝の御心をそのまま伝えるのが役目である。帝の前に立って目も耳も塞《ふさ》いでしまうとは、はなはだしい越権行為だ」

「あの方々にとって、聖帝は手中の玉なのでしょう。目の届かぬところにやりたくないし、また羽ばたいてもほしくない。兄君に親しみを見せられたことも気に入らないはず。自らの手の中でじっとしていてくれさえすれば、くらいに思っているのではないですか」

「珠泉は人形ではない」

「おや、もう、名前で呼ばれているのですか。さすがに美しいお名前ですね。あの方に相応しい。民と話しておられるときの帝は、まさに天人のようで」

先刻の祝宴で光烈王と連れ立つ珠泉を、どこかから見たのだろう。目敏《めざと》い弟だ、と思いながら、光烈王は弟に視線を向ける。

「明後日帰国すると触れを出す。官人たちはさぞほっとするだろう。そのあとで明日の夜にささやかな別れの宴を開くと言えば、官人たちも珠泉を出さずにはいられないはずだ」

途中から獰猛《どうもう》な笑みを浮かべ、眸を光らせながら告げる。

「兄君……」

光烈王の計画を察した史扇が息を呑む。兄の炯々《けいけい》たる眼差しを受け止めていた史扇が、やがてほっと息を漏らして眸を逸らした。

「大きな櫃《ひつ》がいりますね」

「確かに、いるな。ひと一人隠せるほどの櫃が。それと玉体を包むための最上級の絹布も」

「直《ただ》ちに手配してまいります」

心気が定まれば、打てば響くように応える有能な弟だった。光烈王は非常時にこそ、彼を傍らに置く自分の幸運をしみじみと感じる。この弟なら火の中水の中も、躊躇《ためら》わずに従ってくれよう。

「……俺はいい弟を持った」

「もちろんです。わたしほどいい弟はどこにもおりません」

胸を張って自分で自分を褒《ほ》める弟に、光烈王は噴き出した。こういう軽妙なところも、実は気に入っているのだ。

「おそらく禁軍が出てくる。勝てるか？」

「むろんです。分かり切った問いをなぜ？　その成算がなくて事を起こされる兄君ではないでしょうに」

きっぱり断言して、史扇は笑った。信頼は相互に通っているのだ。彼が部屋を出て行ったあとも、その爽《さわ》やかな笑顔の残像は、ずっと光烈王の胸に残った。

翌朝、皇帝の帰国が触れ出された。帝宮の外で駐屯《ちゅうとん》していた兵馬が慌ただしく準備にかかり、客室に泊まっていた光烈王の荷物も侍臣の手でまとめられた。それらを見ていたせいだろう、今夕、ささやかな別れの宴を催《もよお》したいという申し出は、官人に快く受け入れられた。皇帝が去るのは確実と見た彼らは、珠泉が宴に出ることを許したのだ。

許したという言い方は不穏な言い方だが、光烈王からすれば、そうとしか表現しようもない。何も知らない珠泉をいいように扱っているとしか。現に、

「なぜこんなに早く」

と、やってきた珠泉はほとんど涙ぐんでいた。光烈王の拝謁願いを官人が遮ったことなど、まるで聞かされていないのだ。

「式典がようやく終わったから、これから親しく話ができると思ったのに」

「わたしも大変残念ですが、皇帝としての政を始めなくてはならないので」

「どうしても帰らなければならないのか？　ここで、臨陽で政を取るものと思っていたの

そんなことまで言い出した珠泉に、従ってきた官人たちが慌てた。

「聖帝陛下、それはこれまでの慣習に反します」

窘《たしな》められて、珠泉は恨《うら》めしそうに官人を見たが、それ以上言いつのることはなかった。駄目と言われたことは、どうあっても駄目なのだと、諦めているふうだ。

光烈王は身内からふつふつと怒りが込み上げるのを感じた。これまでもきっとそうだったのだろう。珠泉の願いは、官人たちの判断で無造作に退けられてしまうのだ。自分なら、珠泉のどんなささやかな願いでも叶えてやるのに。

そんな思いを押し殺し、光烈王はにこやかな顔を保って珠泉を席に案内した。麟国側の出席者と官人側とが左右に並び、内心の思いはともかく、まずはなごやかに盃が押収し始めた。

光烈王に酌《しゃく》をされて、しぶしぶ酒に口をつけた珠泉は、驚いたように顔を上げた。

「おいしい」

「それはよろしゅうございました」

「酒はどれも苦いものと思っていたのに」

「酒にもいろいろありますよ。中にはこのような甘酒も」

「そうなんだ」

珠泉は、嬉しそうに盃を飲み干《ほ》すと、もう一杯と差し出した。光烈王は、苦々《にがにが》しい思いを抑えながら笑顔で注《そそ》いでやる。これが官人たちのやり方だ。官人たちが、彼らなりの規範の中で珠泉を大切にしているのはわかっている。ただ珠泉の意志は全く無視されていた。苦い酒ばかりを飲ませていたのも、酒に溺《おぼ》れて帝の尊厳を損なってはならないとする彼らの懸念のせいだ。

だが、珠泉を一個の人間としてみるとき、甘い酒もありますが、溺れることのなきようお気をつけください、とするのが正しい臣下のありようではないだろうか。

知らしむべからず、は当人の人格を損なう行為であると光烈王は思っている。

「なんだか、眠くなった」

珍味を突つき、甘酒を飲んでいた珠泉がしばらくして光烈王に酔眼を向けてきた。

「お弱いのですか」

少しからかうように言ってやると、

「弱くはない。眠いだけだ」

珠泉は、意地を張って盃を差し出した。そして光烈王が注いだ酒をくいっと飲むと、そのままこてんと身体ごと凭《もた》れ掛かってきたのだ。わずかに開いた朱唇からは、健《すこ》やかな寝息が聞こえてくる。

光烈王はくったりとなった身体を抱き上げた。細身だが、ずしりと腕にくる重みだった。同じ重さの金より価値がある、と光烈王は、愛《いと》しげに珠泉の顔を覗き込みながら思った。

そんなことをすれば口角泡《こうかく》を飛ばして文句を言うはずの官人たちからは、なんの声も上がらない。それもそのはず、すでに全員が、食べ物に仕掛けられた薬で眠り込んでいたのだ。

史扇が大きな櫃を持ち込んできた。中には香を焚《た》き込めた七色の絹布が敷き詰めてある。

「息はできるのだろうな」

念のために確認すると、史扇はもちろん、と力強く頷いた。

いつまでも抱えていたい気はするが、まずは臨陽を抜け出さなければならない。名残惜しいが仕方なく、光烈王は腕の中の貴重な宝をそっと櫃に移した。注意深く中身を絹布で覆《おお》い、蓋《ふた》を閉じる。

「薬師が付き添っておりますから、帰国するまで眠ったままお連れできます」

「わかった。早速にも発《た》とう」

眠りこけた官人たちを、本当は足蹴《あしげ》にして出立《しゅったつ》したいものであるがさすがに自重して、部屋の真ん中に集めて上掛けまで掛けてやった。

「なんと俺は親切なことよ。まさに、仇《あだ》を恩で返す寛恕《かんじょ》の者だな」

「ご自分でおっしゃいますな」

光烈王の言葉を受けて史扇が笑う。

錠《じょう》をかけた櫃が、侍臣の手で持ち上げられる。

「そっとだぞ。揺らすなよ」

帝宮の外まで、壊れ物を運ぶように静かに歩みを進める。衛兵たちも皇帝が帰国することは知っているから、夜間の荷物の運搬に不審を持たない。特に史扇が、

「駐屯している兵と合流する。明日早朝に出立するため、この後皇帝陛下もお出ましになる」

と言い置いたので、光烈王が姿を現しても中に問い合わせることもなく、礼を尽くしながら見送ってくれた。

待機していた王師と合流した後、光烈王の一行は、目立たぬように兵車数台を連ねて先行することになった。残りの兵は、予定通り早朝に発って追いかけてくるはずだった。もし手違いがあっても、兄さえ逃《のが》れていればなんとでもなる、と史扇が考えたせいだ。

「あとは頼む」

「道中、つつがなく」

史扇に見送られ、数台の兵車が動き出す。外郭を抜けると、深い闇の中、炬火《きよか》を掲げた兵車が疾走《しつそう》し始めた。櫃を乗せた兵車には、もちろん光烈王が乗り込んでいる。馭者に手綱を任せ、自分は櫃が落ちないようしっかり支えていた。

珠泉をこの手に得た悦《よろこ》びが、光烈王の体内に充ち満ちていた。

欲しい、と願ってから七年。少々手違いはあったにせよ、珠泉は今、間違いなく光烈王の傍らにあった。

眸を開けるのに、どうしてこれほど力を振り絞《しぼ》らなければならないのだろう。

珠泉は自分の身体から、力という力が消え失せていることに不審を覚えながら、ようやく瞼《まぶた》を押し開けた。眩しい光がさあっと飛び込んでくる。それが突き刺す刃のように感じられて、珠泉はなんとか押し開けた瞼を慌てて閉ざしてしまった。

柔らかな絹布に包まれているのはわかる。前夜の記憶は光烈王の別れの宴だったから、きっとおいしい酒につられて飲み過ぎてしまい、そのまま眠ってしまったのだろう。光烈王に醜態《しゆうたい》を見られてしまった、とがっかりする。

同時に、光烈王は帰国するのだという記憶も戻ってきて、心はますます落ち込んだ。珠泉の眸に光烈王は、自分にはない逞しい体軀を持ち、安心して寄りかかれそうな大樹のような男に見えた。一目見たときから、彼が皇帝になってくれて本当によかったと思ったのだ。ずっと傍らにいてくれると信じていたのに。

こんなに早く別れが来るなんて。

近くでしくしくと誰かが泣いている。泣きたいのはこっちだと言いたくても、感情を露《あら》わにしてはいけないと教え込まれたこれまでの薫陶《くんとう》がそれを妨《さまた》げる。

努力して、もう一度瞼を開けた。眩しさに眸を細めながら、ゆっくりと首を回す。珠泉が横たわっている寝台の傍らで、声を潜《ひそ》めるようにして少年が泣いていた。ぼんやりした頭を必死で動かして、彼の名前を突き止める。小姓の義丹《ぎたん》だ。

名前を呼ぼうとすると、舌が粘《ねば》り着くようだった。よほど酒を飲み過ぎたらしい。いくらおいしくても、今度からはほどほどで切り上げようと反省しながら、ようやく声を出した。

「義丹」

干《ひ》からびた喉からかろうじて押し出した声はか細く、聞こえないかと一瞬心配になったほどだ。が、弾《はじ》かれたように顔を上げた義丹を見れば、ちゃんと届いたようである。

「珠泉様」

眸が合うと、義丹は涙声ながら、いきなりこれまでのことを捲《まく》し立てた。

「光烈王に拐《かどわ》かされたのです」

「え？」

それはまさに青天の霹靂《へきれき》だった。

義丹によると、宴席に侍《はべ》るほどの身分ではなかった彼は、近くの部屋で待機していたという。ところがそれまで賑《にぎ》やかだった歌舞音曲がはたと途絶え、訝《いぶか》しく思って顔を覗かせた途端、麟国の強奪者ともろに顔を合わせてしまったらしい。

「珠泉様はこの中だ、と櫃を示されまして、世話をする者がいるからと嫌も応もなく連れて来られました」

言い終えた途端、義丹は号泣《ごうきゅう》し始めた。心細くてしくしく泣いていたのがここに来て思いが一気に胸に詰まってきたらしい。

「義丹……」

珠泉は困惑して呟いた。

「私が、攫《さら》われた……」

まだ頭がちゃんと働かなくて、どうにも実感が湧かない。

義丹の言葉によれば、ここは麟国ということになる。しかしそんなことがあり得るのだろうか。臨陽から麟国まで休まず馬車を走らせても、かなり距離はある。いったい自分はどれだけ寝ていたというのだ。義丹は夢でも見ているのではないか、と珠泉には思える。

中の異変を察したのか扉がさっと開き、助手を従えた薬師がせかせかと入ってきた。そして珠泉が眸を開けていることに気がつくと、ほっとしたように恭しく拝礼した。薬師の助手が、部屋を走り出ていく。どこかに報告に行ったらしい。

「ご気分はいかがですか？」

「よくない。不快だ」

尋ねられて、珠泉は眉を寄せる。

「薬湯を差し上げますので、すぐによくなりますよ」

もう一人の助手が、薬湯を捧げ持って近寄ってきた。

「お起きになれますか」

聖帝の身体にはみだりに触れてはならないという不文律《ふぶんりつ》がある。薬師はそれを憚って問うたのだろう。珠泉は起き上がろうと身動《みじろ》ぎしたが果たせず、

「駄目なようだ」

と首を振った。

「それでは」

と薬師は、横になったままで少しずつ飲ませてくれた。

「苦いな」

ちょっと啜《すす》ってから、珠泉は感想を述べた。

「申し訳ございません。ですが良薬は口に苦しと申しますので」

宥めるように言われて、珠泉は残りもしぶしぶ飲み干した。

「少しお休みくだされば、気力も体力も回復いたします」

薬師が柔らかな掛布をかけてくれた。

「聖帝陛下はしばらくお休みになる。そなたも部屋を出るのだ」

そう言って、薬師は泣いている義丹を連れ出してしまう。確かに今の珠泉にとって、義丹の泣き声は頭に突き刺さる針のようで、それはそれで助かったのだが。ただ、どうやらここは本当に麟国らしく、今の薬師に事情を聞くべきだったかと思いながらも、身体のだるさにはかなわず眸を閉じた。

薬師が出ていってほっとしたのもつかの間、扉が乱暴に開かれた。両端に扉が跳ね返るほどの勢いで、驚いた珠泉が半身を起こしかけたとき、突風のように入ってきたのは、光烈王だった。

「珠泉！」

彼は寝台の側まで走り寄ると、いきなり手を伸ばして珠泉を抱き取った。息もできないほどぎゅうぎゅうに抱き締めたあと、いったん身体を離してじっと全身を眺めたあとで、またきつく抱き寄せられる。頬が触れ合うほどの近くに光烈王がいて、珠泉はわけがわからず呆然《ぼうぜん》としていた。これほど無造作に身体に触れられたのは初めてで、他人の体温を直に感じたのも初めてだった珠泉にすれば、ひとの身体は温かいのだ、と惚けたまま実感した最初の経験となった。

「よかった。薬師は心配ないとは言っていたが、なかなか目を覚まさないのでどうしようかと」

手荒に揺さぶられたのも、実は心配のあまりだったということがわかって、抱き締められたこと自体に嫌悪感はなかった。それどころか、生身の自分を望まれたような気がして、嬉しいとさえ感じたのだ。

珠泉は、抱き締められたまま光烈王の肩にちょんと自分の顎《あご》を置いた。

ふむ、と自分の心の動きに首を傾げてみる。光烈王は、珠泉にとっては好ましい存在だった。だから帝宮にいたとき、くどいほど側近に言われた、

「光烈王に心を許してはなりません」

という言葉も、納得できなかったのだ。光烈王の姿を眺めているだけでも楽しかったのに、言葉を交わして、なおかつ口にした思いを率直に肯定されれば、好意は募《つの》るばかりだった。義丹の言葉が正しければ、自分は誘拐されてここにいることになるのだけれど、この男の側にいられるのならそれもいいか、などと暢気に考えていた。

そもそも光烈王からは、どんな悪意も伝わってこないのだ。珠泉は自分が害されるとはこれっぽっちも思っていない。

おずおずと、両手を光烈王の背中に回してみたりする。さわりと撫《な》でると、硬い筋肉の感触がある。服の下に充実した身体があることを想像させられた。

自分にはとてもこんな筋肉はない。剣の修行も、形ばかりしかさせてもらえなかった。身体を動かすのは好きだったのに、いつもぞろりとした服を着せられて、することと言ったら座ったまま楽曲を聴くか、学者の講義を聞くか。気鬱《きうつ》になって庭をそぞろ歩いても、背後には随身が付き従う。政は皇帝に預けるから、珠泉の仕事とは、ひたすら崇《あが》められて無事に生涯を終えることしかないのだ。

内心に活発な性質を持っている珠泉としては、これまでの人生は退屈極まりないものだった。それが、光烈王が伺候《しこう》してきてわずかの間に、激変した。わくわくする心の弾みを、今の珠泉は感じている。攫われるのも、初めての経験だし。

そんなことを思いながら光烈王の背を掌《てのひら》でなぞっていると、ときおり、ぴくりと彼の身体が震える。どうしてだろうと、訝りながら背中をつーっと撫で下ろすと、

「珠泉、わたしを挑発しておられるのか……」

なんだか苦しそうな声で、光烈王が言った。耳許で聞こえたそれは声量豊かな男らしい声で、それがくぐもって聞こえるところは、背筋がぞくりとするような艶があった。

「挑発？」

意味がわからないので聞き返しながら、珠泉は光烈王の肩に手を置いて身体を離し、顔を覗き込もうとした。

「わっ」

いきなり身体を抱き上げられ、寝台の奥の方に下ろされる。傍らに光烈王の熱い身体が滑り込んできた。

「光烈？」

上に覆い被さってきた光烈王をきょとんと見上げると、苦しそうに眉を寄せながら光烈王が珠泉を見下ろしていた。

「七年前、あなたを初めて見たときから、わたしの懊悩が始まりました。聖帝であるあなたの傍らに立ちたい、この手に抱きたいとずっと思い詰めて……。皇帝になればあなたと

いられると信じて、ここまで駆け上がってまいりました」

じっと見つめられて、珠泉も眸を逸らせなくなった。光烈王の双眸は、言葉よりも雄弁に語りかけてくる。珠泉自身を望んでいるその眼差しも、告げてくる言葉も、心地よく感じられた。官人のように、仕えるのが務めだからではなく、側にいたいから来たのだと言われて、喜ばずにはいられない。

だから無意識に手を挙げて光烈王の頰を撫で、

「光烈が来てくれて私も嬉しい。望みが叶ってよかったな」

思ったことをそのまま告げた。

「珠泉。それは許す、と受け取っていいのか」

強い言葉で確かめるように言われ、攫ったことを言っているのかと思った珠泉は、素直に頷いた。光烈王の言葉が荒っぽくなっているのは、感情が激して言葉を飾る余裕もなくなったせいなのだが、珠泉は、親しく感じられてこういう話し方もいい、くらいにしか受け取っていない。

「ここが麟国だと、先ほど小姓に聞いた。私は怒ってなどいない。光烈といられるのは嬉しいし、政もここならふたりで……」

言いかけた言葉が途中で遮られた。珠泉は、目を見開いて、光烈王の口づけを受けている。

なんだ、これは？　どうして光烈王が私の口を塞いでいる。

「うぅ……」

珠泉はもぎ放そうと首を振るが、許されたと思い激情が堰《せき》を切って溢れ出した光烈王を止めることなどできなかった。舌がぬるりと口腔《こうこう》に入ってくる。そのまま舐め回されて、珠泉もなんだかおかしいと思い始めた。言葉を止めるだけなら、手で塞げばいい。もしくはしっと指を当てるだけでも。

もしかして自分は口づけをされているのではないか、と遅ればせながら珠泉は気がついた。

どうして、私に。私は男だ。

思わず、光烈王の背中をどんどんと叩いていた。身体をくねらせて、本気で逃れようと無茶苦茶に首を振る。

かろうじて唇が離れ、珠泉は荒い息をついて光烈王の胸に手を当てた。そのまま押し上げようとしたとき、光烈王が愛しい、と声にも顔にも表して珠泉の名を呼んだ。

「珠泉」

深い渇望《かつぼう》に溢れたその声に、呪縛された気がする。押し退けようとした手が力を失い、もう一度下りてきた唇を、珠泉は避けることができなかった。

なぜ、私は。

光烈王の唇はしっとりと珠泉の唇を覆い、忍び込んできた舌は執拗《しつよう》に中を舐め回している。気持ち悪くはないけれど、これはどう考えても間違っている。

力が抜けて言いなりになってしまいそうな自分を励《はげ》まして、珠泉は弱々しいながらも再び抵抗を始めた。

光烈王は何か勘違いをしているのだ。目を覚まさせなければならない。

それなのに抗《あらが》う手が、ときおりふと緩んでしまうのは、光烈王の口づけが思いもかけない心地よさを掻き立てているからだ。

唇を奪われたまま、光烈王の手が滑っていく肌は、いつの間にか薄い夜着がはだけられている。光烈王の手が肌を撫でると、得体の知れない震えが走った。鳥肌が立つときと同じ感覚、けれど嫌な感じではけっしてなく……。触られると身体が熱くなり、意識が陶然としてしまうことがわかって、そのまま流されてはいけないと、抗う手に力がこもった。

「だめだ、光烈、やめよ」

譫言《うわごと》のように唇から出てくる言葉は、光烈王の耳に睦言《むつごと》のように聞こえている。存分に吸い上げて、赤みを増した朱唇から離れて喉元を彷徨《さまよ》っていた光烈王の唇は、強く吸ってそこに赤い痕を残した。

「……っ」

眉を顰《しか》め、一瞬の痛みをやり過ごした珠泉は、はだけられた胸に光烈王の唇を感じて、頭の中が真っ白になった。光烈王は止める気はなく、このままでは大変なことになるとようやく悟《さと》ったのだ。

手にも足にも意志がこもる。指が光烈王の背中を掻きむしった。足はばたついて、なんとか逃れようとする。それでいて、飾りでしかない乳首を舐められて、快感に背が仰け反っていた。

「うっ……、あぁ」

硬くなった胸の小さな粒を歯で磨り潰すようにされると、痛みと快感が一体となって珠泉を呻《うめ》かせる。抵抗している指が、逆に光烈王にしがみついていた。走り抜けた快感をやり過ごしたとき、珠泉は自らの腰に異変を感じた。

光烈王が、ささやかな抵抗を羞恥《しゅうち》のせいと判断し、

「わたしも感じています……」

言いながら自らの昂りを押しつけてきたことで、自分のその部分もとうに反応していたことを教えられたのだ。硬いそれが擦《こす》れあって、じいんと快感が湧き起こる。

珠泉は惑乱した。自分が光烈王に触れられてどうして昂ったのかわからない。これは男女の間でなされることではないのか。

けれども内心の思いとは裏腹に、光烈王が腰を回すと、珠泉の昂りはその刺激を喜んで、先端がひりつき始めた。

何か、出るっ。

腰の奥からどろどろした熱塊が押し上げてきた。

歯を食いしばってそれを堪《こら》えている間も、光烈王の指と唇は珠泉の身体を彷徨い、今や上半身はほとんど布がない状態にされていた。余すところなく触れられて、ときおり敏感に身体が撥《は》ねてしまう。それがこちらを貶《おとし》める行為であれば、珠泉ももっと抵抗できていただろう。

けれども、合間合間に光烈王は「愛しい」と囁きかけ、「こうして触れ合えるのは夢のようです」と、まるで相思相愛でことを行っているように慈《いつく》しんでくる。抗っている力が、ふわりと抜けてしまうのはそんなときだ。

違う、私はこの行為を許してはいない。

そのたびに気力を奮《ふる》い起こして、珠泉は弱々しい抵抗を続けていた。それを抵抗とは、光烈王は感じていないようであるが。

やがて光烈王の指が、布を掻き分けて下腹に忍び込んできた。

「やっ、そこ……っ」

いきなり凝《こご》っている部分を手に取られ、あまつさえきゅっと握られると、それまで堪えていたものが我慢しきれず暴発してしまった。

「あぁぁぁ……っ」

一瞬意識が飛ぶほどの快感だった。珠泉は激しく喘《あえ》ぎながら、熱塊を解放する。光烈王の手におびただしい白濁が溢れていく。握った途端のそれで光烈王も驚いただろうが、最後まで蜜を搾り取ったあとで珠泉に向けた顔は、笑顔だった。

「感じてくれて、嬉しいですよ」

ひとの手で達してしまった、と呆然としていた珠泉に、その笑顔はなんとも気恥ずかしく感じられた。嫌だと口で言いながら、自分のしたことは……。

このまま穴を掘って頭まで埋まってしまいたい。

羞恥で珠泉の身体はかっと熱くなった。項《うなじ》から、じわりと赤みが上っていき、瞼までを薄赤く染める。その艶やかなさまを、光烈王は魅入られたように見つめていた。

「あなたは、こんなにも美しい……」

陶然と囁かれて、

「美しくなんかない。みっともないだけだ」

と抗弁すると、光烈王がにこりと笑う。

「でも、お綺麗ですよ。ここもそこも、こちらも」

言いながら光烈王は、陶器のように滑らかな肌に手を滑らせた。

「そして花のかんばせ」

唇が恭しく額《ひたい》に押し当てられる。同時に胸の尖《とが》りを指で摘《つ》まれて、珠泉は反射的に唇を嚙んだ。さもないと、はしたない嬌声《きょうせい》が飛び出しそうだったのだ。いつのまにかその部分は、触れられるだけで快感が溢れ出るようにされていた。執拗に唇と指で嬲《なぶ》られたせいなのだろう。

「声を聞かせてください」

唇を嚙んで声を殺す珠泉に、光烈王が囁く。珠泉が彼の手で達したせいか、声に余裕が感じられる。それも珠泉にとっては悔しいことだ。

唇を嚙んだまま、首を振る。光烈王にとってはその抗いも可愛く感じられたようだ。怒る気配もなく、珠泉の髪をさらりと撫でた手がそのまま下りてきて、腰を覆っていた布に掛かった。

「あ、やめ……」

引き下ろされてしまえば、一糸まとわぬ裸体を晒すことになる。侍臣の手で身の回りの世話をされている珠泉にすれば、裸は特に恥ずかしいものではないはずなのに、光烈王の眸でじっと見つめられるとなぜか居たたまれない気持ちにさせられた。

そろりと手が動いて、前を隠そうとする。その腕を、摑まれた。左右に開かれる。

「隠さないで」

「放せ」

珠泉は遮二無二《しゃにむに》手を振った。光烈王は楽々その腕を抑え続ける。それでいて、跡がつくほど強くは握っていないのだ。力の差を思い知らされて珠泉は、ぷいと横を向いた。

「そんな眸で見るな」

「そんな眸とは、どんな眸ですか?」

「そんな眸と言ったら、そんな眸だ。……笑うな。だいたい嫌だと言っているのに、触ってくるのは光烈だ。おかげで変な気持ちにさせられて、こんなこと、絶対おかしい。でも、それもこれも光烈が悪いのだ」

「可愛い方だ。もちろんすべてわたしのせいですとも」

言いつのっていた珠泉を、光烈王が抱き締めた。

「や……」

素肌に光烈王の着物が触れて、ざわりと肌が疼《うず》いた。尖ったままの乳首は特に感じる。剝《む》き出しの昂りも、一度萎《な》えたはずなのに、むくりと首を擡《もた》げてきた。

「おやまた」

さっそく光烈王に指摘されて、珠泉は彼を睨んだ。その眦《まなじり》に、口づけを落とされる。思わず眸を閉じていた。

「そう、しばらくそうしていてください」

さらさらと衣擦《きぬず》れの音がする。光烈王が着衣を脱ぎ落としているらしい。珠泉はごくりと喉を鳴らした。今ここで逃げなければ、なんだかとんでもないことになりそうだ。頭の中では警鐘が鳴っている。わかっているのに、身体が痺《しび》れたようになって動けない。

眸を開けて、光烈王の裸を見ることもできない。世話をされるときに肌を晒すのと、今のこれとでは意味が違うということを、珠泉は今さらのように悟っていた。

それにしても同じ性を持つ者同士、いったいこの先どうするつもりなのか。

逃げよう、と何度も自分に言い聞かせ、ようやく思うようにならない身体を捻《ひね》ってずり上がろうとしたとき、光烈王が改めて覆い被さってきた。

「……っ」

肌が直に触れ合って、珠泉は息を呑んだ。これまでの感覚と全く違う。光烈王の肌は熱い。その熱が、珠泉の肌も熱く昂らせていく。

「だめだ。光烈、やめ……」

制止する声も、熱に煽《あお》られて譫言のようになっている。これでは光烈王を思い止まらせることなどできない。かえって誘いの声に聞こえるのではないか。

もしかして自分が光烈王を誘っているのだろうか。

そんな疑惑も、光烈が腰を擦りつけてくると同時に吹き飛んだ。愛撫はそれまでとは比較にならないほど執拗になった。乳首は痛いほど吸われ、反対側も指で弄《いじ》られ、触れ合っている昂りは光烈王が小刻みに身体を揺することで、喜悦の涙を零し始めていた。そして光烈の指が、珠泉の露《つゆ》を纏わせてそろりと後ろを探《さぐ》ってきたとき、珠泉の脳裏に稲妻のような衝撃が走った。どうしてそんなところを触るのだ。

「いやっ！」

珠泉は今度こそ必死になって抗った。突っ張る腕にも、それまでと違う力がこもった。足は動ける範囲でばたつかせ、懸命に敷布を蹴っている。そんな抗いも光烈王には、未知の世界への怯えに見えたようだ。

「しー、大丈夫です。わたしに任せて。珠泉……」

蕾に進入しかけた指を引き抜き、落ち着かせようと抱き締める。ひくっと、珠泉が息を啜り上げた。

「怖くありません。落ち着いて」

軽く背中を叩かれまた横たえられて、さわさわと身体を撫でられた。一度消えかけた快感の芽が、そろりと育ち始める。強張った身体から力が抜けたとき、光烈王の指が一気に奥を突いた。

「いやぁ」

びくんと珠泉の身体が仰け反った。なんとも言えない不快と異物感で、足掻《あが》くように光烈王の背に回った指が、そこいら中を掻きむしる。それでも光烈王は容赦なく珠泉の奥を抉《えぐ》った。

「きっと、このあたりに……」

歯を食いしばるように呻きながら、指で内壁を探っている。狭《せま》い筒が指で押し広げられ、引っ掻かれた。

「いや、……いや……だ」

嫌だと言い続ける珠泉の昂りは萎え、痛みと異物感で身体は怯え竦《すく》んでいる。光烈王にしても、無理やりの行為は本意ではなかったに違いない。しかし、中を解していた指がある一点を掠《かす》めたとき、珠泉の身体に変化が起きた。まるで針でも刺されたかのようにぴんと身体が反り返ったかと思うと、萎えていた昂りが急激に復活したのだ。

「ここか」

光烈王がほっとしたように吐息を零した。蹂躙《じゅうりん》しているようだった指の動きが、優しさを帯びる。珠泉がびくっと身体を震わせるとそこを執拗に刺激しながら、そろりと二本目、三本目の指が差し込まれた。

圧迫感は強いが、痛みはそれほどでもない。だからこそなのか、光烈王の指の動きがはっきりと伝わってきて、しかも自分の内部がそれに応え始めているのまでがわかってしまう。どうしていいのか、珠泉の混乱が深まっていった。

譫言のように「嫌だ」と言い続けていたが、内壁は言葉とは裏腹に光烈王の指を包み込んで蠢動《しゅんどう》し始めている。

「もういいだろう」

光烈王が指を引き抜いた。そして珠泉がその先のことを察する前に、自らの昂りを押し当ててじわりと進入を開始した。

「あうっ」

珠泉にすれば、灼熱の杭《くい》を打ち込まれたようなものだ。指とは比べものにならない大きさに、四肢が硬直する。

「息を吐いて、珠泉」

耳元で囁かれても、すぐにできるものではない。痛いと熱い、が、今の珠泉の感じる感覚のすべてだ。

「やめ……」

じわじわと奥を犯《おか》されながら、珠泉は涙を溢れさせていた。それを光烈王の唇が吸い取っていく。下肢には暴虐《ぼうぎゃく》を加えながら、光烈王の掌は優しく珠泉の身体を撫でている。酷いことをされているのに、どうして肌はその感触に憩《いこ》っているのだろう。

結局腰の奥から伝わる鈍痛は激しい痛みとはならずどこかで散らされてしまい、快感が痛みを凌駕していった。そして指で探られたとき反応していた凝りを光烈王の昂りが抉ったとき、珠泉は反射的に彼の首に腕を回して縋《すが》りついていた。鋭く突き刺さるような、得体の知れぬ快感に怯えたのだ。

「やあっ……」

それと察した光烈王は小刻みにそのあたりを刺激し、珠泉を惑乱させる。痛みは遠く去り、そこを突かれるだけで、珠泉はびくびくと震えた。すでに昂っている腰のものも敏感に反り返る。光烈王の手が、珠泉自身に伸びた。柔らかく包み込まれ、あやすように揉《も》み込まれる。先端からおびただしい涙滴が溢れ落ちていった。

尋ねられて、頷けるはずがない。けれど心より素直な珠泉の身体は、一度感じたその快感を手放すまいと蠢《うごめ》いていた。光烈王の手に自身を擦りつけるようにし、腰の奥では彼の熱塊を凝りの方へ導こうと蠕動《ぜんどう》し続けたのだ。すべてが無意識の動きと知っているのか、光烈王が微笑んだ。

「素直な御方だ」

自らも最奥へと突き進みながら、光烈王はけっして珠泉への労《いたわ》りを忘れなかった。動きのひとつひとつが慎重《しんちょう》で、なるべく痛みを与えまいと相当自制しているようだ。強引に指を挿《い》れたり、ひとつに繋《つな》がろうとしたときこそ無理じいしてきたが、それ以外は珠泉の快楽を優先し、自らを律しきっている。

嫌だという言葉を珠泉の唇が発しなくなったとき、心は身体の快楽に完全に支配されていた。頭の中はもはや何も考えられる状態ではなく、ただ光烈王が動くたびに痺れるような快楽を与えられてひたすら悶《もだ》え続けた。

敏感にさせられてしまった乳首を突つかれ、項や耳朶《じだ》を甘嚙みされると、切ない快感が溢れていく。それらすべてが腰に凝縮したとき、珠泉は光烈王の手に再び快楽の証を吐き出した。

「感じていますね」

「ああっ」

頭が真っ白になるほどの快感だった。背筋を仰け反らせ、身体をがくがくと痙攣《けいれん》させながら、珠泉は忘我《ぼうが》の境地《きょうち》に追いやられる。

それまでひたすら奉仕《ほうし》に動いていた光烈王が、激しく喘ぎながら落ちた珠泉の艶姿に、これ以上は我慢できないとばかり自らの快楽を追い始める。珠泉の内部は、その動きを歓迎し、光烈王が抽挿するたびに追い縋り、まとわりつき、締めつけていた。

珠泉自身はほとんど意識を飛ばしたままだったが、中から湧き起こる快感に揺さぶられて、またもや兆《きざ》し始めた。

抽挿の速度を速めて自足の境地に達した光烈王は、一瞬息を詰め、最奥に白濁を放った。だが達したあとも、珠泉が感じているのを目の当たりにすると、たちまち自らも復活を遂げる。

「珠泉……」

快楽には果てがないようにみえた。三度目の悦になると、なかなか達することができず、珠泉はずっと昂った状態のまま延々と快楽に噎《むせ》ぶことになった。どこに触られても、腰をちょっと動かされても、感じて堪らなかった。

その悦びのさまを見る光烈王も、渇望し続けた後の成就だったせいもあり、抱いても抱いても飢餓《きが》が去らず、ついにはあれだけ労っていたこともどこかへ消し飛んでしまうほど、珠泉を抱き尽くした。

もう何度目になるのか、腰がひりつくほど挿入し擦り上げていた光烈王がふと我に返った。気を飛ばしながらも応え続けていた珠泉の反応がなくなったことが、光烈王の意識を現実に引き戻したのかもしれない。

見下ろした珠泉は、力無く瞼を閉じていた。一瞬息をしていないようにも見えて、光烈王の全身から血の気が引いた。未だ内部に居座り続けていた己自身を引き抜くと、おびただしい白濁に血が滲んでいる。

「珠泉っ」

光烈王の声に悲痛な響きがあった。

白いきめ細かな珠泉の肌は、もはや命がないひとのように青ざめている。薄赤い花びらのような鬱血《うっけつ》が散らばり、さらに粘り着いたような白濁が跡を残している。無惨《むざん》で、そのくせ扇情的な艶《なま》めかしさがあった。

胸を騒がせながら光烈王は夢中になって珠泉を抱き上げ、胸に耳を押しつけた。心臓が止まったのではないかと怯えた光烈王の耳に、規則正しい鼓動が聞こえる。

「動いている……」

光烈王は珠泉を抱き締めたまま、脱力したように天を仰《あお》いだ。そうっと横たえて、今度は呼吸を探ってみる。鼻先にかざした指に、湿《しめ》った息が触れた。

「よかった」

とほっとしたあとは、どうしたものかと考え込んでしまう。

薬で眠ったまま連れてきた上に、ようやく覚醒《かくせい》したばかりの珠泉へ己の不埒《ふらち》な欲望を思うさまぶつけてしまった。いくら合意の上とはいえ、これはやりすぎだろう。嫌気が差した珠泉に避けられたらどうしよう、とそんな心配まで湧いてきて、ひとりため息を零すのだった。

「とにかく、この姿をなんとかして、薬師を呼んで」

寝台の上も乱れに乱れている。自分の欲望の強さを思い知らされたようで、光烈王は恥じ入るしかない。

寝台から下り履物を探りながら脱ぎ捨てた着物を身に纏う。小卓の上に置いてあった水差しを傾けて、水を染み込ませた布でそっと珠泉の身体を拭《ぬぐ》っていく。ぴくりとも動かぬ身体を労るようにして拭《ふ》き清め、欲望に駆られるままに脱がせてしまった夜着を着せかけた。前を合わせるときは、窓から差し込む月光に照らされて燐光《りんこう》を放っているような肌を隠すのが惜しくなってしまい、しばし手が止まる。

「いかん。このままでは目の毒だ」

またもや野獣に変身しそうな己に気がついて、光烈王は慌てたように胸元を掻き合わせ帯を結んでやった。抱き上げて長椅子に移してやる。自分の袍を脱いでふわりとかけてやってから、乱れきった寝台を振り向いた。

「さて、これをどうするか」

寝台を整えるなど、自分でやったことはない。ひとを呼んで整えさせようと向き直ったときだった。いきなり扉が激しく叩かれる。

「兄君、聖帝陛下は……」

息を切らした史扇の声がする。ちょうどいい。「入れ」と声をかけた光烈王の前に、慌ただしく扉が押し開けられ、身支度もそこそこに駆けつけてきたようすの史扇が、走り込んできた。

「兄君。聖帝陛下に何が……」

「誰か呼ぼうと思っていたところだ」

と光烈王が言っている間に、史扇は素早く中のようすを見て取ると、さっと顔色を変えて、背後に従って来た薬師や衛兵たちを外に押し戻した。

「大事ない。わたしが兄君と話をするから、しばし待て」

「将軍！」

押し出されながら薬師が抗議していたようだが、史扇はかまわず全員を外に出してからぱたんと扉を閉じた。扉に背を預け、誰も入れぬように防ぎながら、彼は地の底から湧いてくるような陰鬱《いんうつ》な声で兄に尋ねた。

「兄君、聖帝陛下にいったい何をなさいました」

「何をと言って、ただ我が想いを受け入れていただいただけだ」

胸を張って告げたのに、史扇は乱れた寝台や、長椅子に横たえられた珠泉を呆然と見ている。

「史扇？　聞いているのか？　寝台を片付けるためのひとを呼べと言ったのだぞ」

それでも動かない史扇に舌打ちし、光烈王は自分でひとを呼ぼうとした。

「お待ちください」

「どうしてだ。早く片づけて、珠泉をゆっくり寝かせて差し上げたいのだ」

「薬師は、聖帝陛下には静養が必要であると申しておりましたが」

「確かにそうだろう。だからしっかり休んでいただくためにも……」

「兄君！」

いきなり史扇に怒鳴られて、光烈王はむっとした顔を向けた。

「史扇、いったい何を怒っているのだ」

「それすらおわかりにならないとは。わたしはもはや呆れ返って言葉もありません。静養が必要な聖帝陛下に、兄君は無体な真似を仕掛けられたのですぞ」

「無体な、と言って、ちゃんと同意をいただいておる」

「それでも、自制なさるべきでしょう。薬師の知らせでは聖帝陛下はお眸が覚められたということでしたが、こちらから拝見しても、意識も定かでないように察せられます。それはいったいどうしてですか？　兄君」

迫る史扇に、光烈王はたじたじとなる。

「言葉もないと言いながら、よく喋《しゃべ》るではないか」

言い訳のしようがないので、ついよそを向いて零してみる。

「何かおっしゃいましたか？」

たちまち鋭く聞き返されて、

「いや、なんでもない」

と慌てて手を振った。

「とにかく、小言は後から聞くから、まずは寝台を整えて、珠泉に移っていただかなくては。長椅子では、いかにも寝心地が悪かろう」

史扇は大きなため息をついた。寄り掛かっていた扉から背を放し、ほんの少し開けると、心配そうに控えている薬師には「もう少し待て」と手を振ってから、傍らの侍官に「女官を呼べ」と指図した。

「は？　女官、ですか？」

「聖帝陛下は、汗をおかきなされたのだ。お湯と着替え、そして寝台を整える布を」

「は、ただ今」

ようやく呑み込めた侍官が急ぎ足で去っていく。それを見送ってから、史扇は扉を閉ざそうとした。薬師が咄嗟に手で押さえる。

「将軍、どうか正直におっしゃってください。聖帝陛下は……」

「眠っておられるだけだ。心配ない」

「しかし、お目覚めになったのをわたしはこの眸で……」

「お疲れだったのだ。仕方あるまい」

史扇が言いつくろったが、責任感の強い薬師は納得しない。

「お泣きになっておられました」

強情に言いつのるので、それでこそ薬師、と頼もしくは思いながら、今はその強情が恨めしい。

「泣き声ではなく、啼き声だ。嫋々《じょうじょう》と噎ぶように……。ともかく」

史扇はうっかりそうされている珠泉を思い浮かべてしまい、慌ててあまりにも不敬な想像を振り払った。こほんと咳払《せきばら》いして薬師に約束する。

「女官が中を整えたら拝謁を許すから、ここで待て」

言い争っている間に、侍官が女官を連れてきた。数人の端女が従っている。端女たちは、器《うつわ》や布を捧げ持ち、大きな器に満々と湯を湛えたものを運んでいる。

女官が史扇に頭を下げた。史扇は身体をずらして一行を中に通した。そして扉を閉じてから女官に向き直ると言い含めた。

「ここで見聞したことは、くれぐれも内密に」

なんのことだろうと首を傾げた女官も、頭を回して室内の様子を見た途端、察したらしい。なにしろ眸を閉じたまま長椅子に横たわる聖帝を、光烈王が蕩《とろ》けるような眸で見てでれでれとやに下がっているのだ。これが麟国の麒麟《きりん》よ、と言わしめた英雄であろうか、と史扇は、はなはだしく情けない。

女官は、突っ立っていた端女を追い立てるように寝台に向かわせた。新しく絹布を取り替え、皺《しわ》ひとつなく整えさせる。そして自らは顔から完全に表情を消して光烈王に近づき、器を長椅子の近くへ置かせると、恭しく拝揖《はいゆう》した。

「聖帝陛下の沐浴を」

珠泉を自分の手に委《ゆだ》ねてくれるよう促した。むっつりと女官を見た光烈王も、

「御身体の中まで綺麗にしませんと、後ほど陛下がお苦しみになります」

と声を潜めて忠告されては、従うしかない。女官の言うことが、朧気《おぼろげ》ながら光烈王にも密かごとに類することだとわかったのだ。

女官は無表情のまま珠泉の傍らに跪《ひざまず》き、光烈王が掛けた袍の下に手を忍ばせて清め始めた。何度も清らかな布に取り替え、その一部に血のような染みがついても、何も言わなかった。

そっと手を引き、袍を整えてから、女官が立ち上がる。寝台を整え終わった端女を指図して、恭しく下がっていった。

「これで母君に頭が上がらなくなりましたな」

女官は当然ながら、奥向きのことはすべて先王妃に報告している。

史扇が本日何度目かのため息をついたとき、光烈王は長椅子から珠泉を抱え上げていた。

その宝物を手にするような慎重な手つきを見て、史扇はこれはもうどうしようもない、と半ば諦めをつけた。

そもそも兄が皇帝を目指したのがこのためであるのなら、その心情がどれほど深く強い想いであったかが窺える。弟としては念願が叶ってよかったと祝福すべきだろう。まして聖帝陛下がお許しになったのなら、端からとやかく言うことでもないと、苦言を呈することも止めてしまった。

「しかしこれが知れ渡ったら、我が軍の内部には頭を掻きむしる者が続出しましょうな。全員が、あなたを英雄だと信じてついてきたのですから」

共に政を執るためと、史扇自身も信じてこの企《くわだ》てに手を貸したのだ。そのぼやきが聞こえたのかどうか、光烈王は整えられた寝台に珠泉を横たえると、慎重な手つきで上掛けを掛けた。そして椅子を引き寄せると自分はそこに座り、飽《あ》きもせず珠泉の顔を見るのだった。

何も言葉を思いつかないまま肩を落として引き上げた史扇だったが、なんの説明もないままでは、と翌朝宰相以下宮廷の正卿《せいきょう》たちを一堂に集めた。そして自らは出向かず、光烈王をその場に押し込んだ。

「自らの蒔《ま》いた種でしょう。陛下の安寧《あんねい》のためにもご自分で正卿たちを説得してください」

まだ虹色の幸せな夢に包まれていた光烈王は、眠り続ける珠泉の側から放されるのを渋ったが、史扇のその言葉にしぶしぶ皆の前に立った。

そうなると、もともと光烈王は、強烈な存在感で正卿たちを圧倒しており、

「聖帝陛下とこの地で共に政務を執る」

との宣言で、集まった一同はなし崩しに言葉を失っていった。

彼が覇をめざすと言ったときも、正卿たちはことごとく反対したが、ついにやり遂げて皇帝となった。それを思えば、このたびの暴挙《ぼうきょ》にもそれなりの勝算あってのことと判断できる。ただ心配なのは、聖帝を拐かされた形となる、華王朝の反応と諸国の対応だ。勇気あるひとりが、

「華王朝が徴兵を発したときは……」

と言いかけたが、じろりと睨まれてそのまま言葉を呑み込んでしまった。

「朝廷を開き皇帝としての政務を執ることに代わりはない。そのための準備を怠《おこた》らぬよう」

と言い放つと、正卿たちはもはや何を言っても無駄、と静まり返る。黙り込んだ彼らを見回した光烈王は、これで義務は果たしたとばかり、いそいそと珠泉の元に帰っていったのだった。

あとには恨めしげな視線で互いを見やる正卿たちが残された。やがてこうしていてもな

んの解決にもならないと立ち上がった彼らは、皇帝の暴挙からは完全に目を逸らし、朝廷を開くための準備に邁進していった。


眸が覚めるともう昼になっている。

珠泉はぼんやりした眼差しで周囲を見た。

また記憶が飛んでいる。こめかみを押さえながら、全身を覆う倦怠感《けんたいかん》を意識した。

臨陽での宴会のあと、目覚めたのはここだった。寝台の周囲に薄絹が巡らされ、奥床しく焚き込められた香の匂いもする。小姓の義丹にここは麟国だと教えられ、信じられないと首を振ったことは覚えている。それから薬師に薬湯を飲まされ……。

「光烈がやってきたのだ」

思い出した途端、光が差し込んだかのように、寝ぼけていた意識が完全に覚醒した。

最初に押し寄せてきたのは哀《かな》しみだった。自分は光烈に裏切られたのだと。たとえ攫われたのだとしても、ここで一緒に政を執るのならば、いいと思ったのだ。聖帝を拐かすという暴挙を許そうとまでしたのに、光烈王のしたことは。

身体が震え出した。

「なぜあんなことを……」

やりきれぬ怒りがふつふつと湧いてくる。よくも聖帝の身を平気で汚したものだ。

珠泉は震える手で敷布を握り締めた。

自らが晒した恥辱《ちじょく》が脳裏を過ぎっていく。恥ずかしさで居たたまれない思いを、珠泉は唇を嚙んで耐えた。

「どうしてくれよう」

光烈王が誘拐したというなら、なんとしてもここを抜け出して臨陽に戻らなければならない。そして軍を催して麟国を攻め、皇位を取り上げる。そこまでしても、この恥辱は拭いきれない。なにより、自分の記憶が消えない。

抵抗していたはずなのに、途中から快楽に流された。どうして自らを律しきれなかったのか。それが悔しくて、悲しくて。自分を責め、光烈王を責め、珠泉の内心は怒りと自責の念でいっぱいだ。

「珠泉、目覚められたのか」

奥側にある目立たぬ扉から、光烈王が入ってきた。洗顔をすませ服も整えた彼は、珠泉が初めて見たときの颯爽《さっそう》としたりりしい武人の姿でいる。

この顔で、厚顔にも私を貶めて……。

自分にひとを見る眸がないことが情けなかった。手を携えて政を行える相手だと、心から信じたのに……。

「空腹ではありませんか？　薬師は少しずつ食事を取った方がよいと申していましたが」

心配そうに覗き込まれても、気分が悪いだけだ。心底にある濁《にご》りを、うまく隠しおおしているとしか見えない。

珠泉はきゅっと口を噤《つぐ》むと、そっぽを向いた。そのわずかな身動ぎだけでも、あらぬところにつきりと痛みが走る。陵辱されたのだ、と改めて思い知らされた。

「珠泉？」

光烈王が珠泉の態度に困惑したような声で呟いた。

「気安く我が名を呼ぶな」

冷たくそれだけを言うと、あとは光烈王が何を言っても珠泉はだんまりを通した。

「珠泉、いったいどうなされたのか。昨夜はあんなにも御心を許してくださっていたのに」

そなたは私に何をした、と珠泉は叫びたい。詰《なじ》って弾劾《だんがい》して！　胸に溢れかえっている言葉は、満腔から込み上げる怒りのために、かえって詰まって吐き出せない。喚《わめ》けば、際限なく叫びだしてしまいそうな恐れもある。

しばらく不自然な沈黙が続いた。光烈王は、理解に苦しむ、と言った顔でこちらを見下ろしていたが、珠泉は視線を合わせることなく、無言を通した。

「小姓を呼びましょう」

ついに諦めた光烈王が、身を翻《ひるがえ》した。足音が遠ざかっていくのを聞いて、珠泉は一度だけ彼の方を見た。広いがっしりした肩が、心なしか悄然《しょうぜん》として見える。明らかに気落ちしている様子に、なぜだか罪悪感が込み上げた。貶められ辱《はずかし》められた自分が、どうしてそんな気持ちを抱かなければならない、と珠泉は自らの心を叱咤《しった》する。

「珠泉様」

小柄な身体がまろぶように転がり込んできた。ずっと隣室に止め置かれていた義丹である。身の回りの世話は自分の仕事だと何度奏上しても、皇帝陛下がおられるからと、今まで側に上がることを許されなかったのだ。

顔を顰めながら、そろそろと半身を起こした珠泉を見て、義丹はぼろぼろと涙を零し始める。傍らにあった袍を肩に着せ掛けながら、

「わたしはもう心配で心配で。このままお目覚めにならなかったらどうしようと」

戦慄《わなな》く唇が、義丹の心痛をいたいほど伝えてきた。

「そなたこそ。私の巻き添えで攫われてきたのだろう。不運だったな」

臨陽にいるときは、義丹も大勢の小姓のひとりでしかなかった。よく動いてくれるので、内心では珠泉も目をかけていたが、寵愛《ちょうあい》の偏向《へんこう》は争いを誘います、と常々諫言されているので、表に出したことはない。しかし、心細いこの地で、一緒にいる小姓が義丹だったのは、本人には気の毒だがほっとしている。

「御気分はいかがですか？　何かお飲み物でもお持ちしましょうか？　それとも軽いお食事でも」

懸命にこちらを気遣う義丹を見ていると、心が慰《なぐさ》められる。空腹か、とは光烈王にも聞かれたが、そのときは返事をする気にもなれなかった。しかし義丹に言われて、ひもじいと感じている自分に気がついた。

「そうだな。粥《かゆ》でもあれば」

「すぐに」

ぱっと顔を輝かせて、義丹が走り出ていった。ぱたぱたと軽い足音が次第に遠ざかっていく。入れ違いのように、重い足音が近づいてきた。眉を顰めていると、思った通り光烈王だった。

「珠泉、粥を所望でしたら、わたしに言ってくだされればすぐにご用意いたしましたのに」

心配そうな顔で寝台に近寄ってくる。珠泉は口もききたくないと顔を背《そむ》けた。

れればいいのだ。


「珠泉……」

深い吐息が聞こえてくる。今さら恭順《きようじゆん》の気配を覗かせるなら、最初から不敬を働かなければいいのだ。

無理やりこの身を汚されたと感じている珠泉の心は、すっかり頑《かたく》なになっている。

軽い足音が引き返してきた。盆を捧げ持つようにして義丹が入ってくる。盆の上にはとろとろに煮溶かした羹《あつもの》が入っていた。肉と野菜の粒が浮いている。

「それを貸せ。俺が……」

光烈王が言いかけた言葉に押し被せるようにして、珠泉は、

「そなたが触れたものは私は食べない」

言い放った。

「珠泉！　そこまでおっしゃらなくても……」

さすがに光烈王が声を荒げた。盆を捧げ持っていた義丹がぎくりと震えた。その怯えを見て、光烈王もはっとしたようだ。くるりと身を翻して、部屋を出て行った。苛立たしさが乱暴な足取りに表れていたが、珠泉はそれからあえて意識を逸らすようにして、義丹に笑みを向けた。

「おいしそうな香りだな。自分が空腹であったことを、ようやく実感したぞ」

義丹は捧げ持っていた盆を小卓に置き、珠泉が寝台を下りようとするのを手伝いに走り寄った。

「大丈夫でしょうか。皇帝陛下はかなりご立腹の様子でしたが」

「かまわぬ。あのような野蛮人に、気を使うことはない」

つんと言い放った珠泉は、義丹が揃えた沓に足を滑り込ませ、立ち上がろうとして蹌踉《よろ》めいた。慌てた義丹が手を差し伸べたのも空《むな》しく、寝台の上に倒れ込んでしまう。

「珠泉様」

「……っう」

したたかに腰を打ち付け、思わず呻いてしまった。

あんなところが痛むなんて。

ぎりぎりと歯を食いしばって、光烈王の卑劣《ひれつ》さを罵《ののし》った。息を詰めるようにして痛みをやり過ごす。傍らに跪き、おろおろと気を揉んで、今にも薬師の元に走りそうな義丹を止めた。

「大事ない。じっとしていれば収まる」

「けれど、珠泉様」

「義丹。ずっと隣にいたのなら、私がどのような目に合わされたか知っているであろう。

聖帝として、これ以上の屈辱には耐えられぬ」

義丹は、息を呑んだ。眉宇《びう》に憂愁《ゆうしゅう》の色を浮かべて、珠泉を見上げる。

「珠泉様」

そう、義丹は知っていた。外で控えていたときに聞こえた啼き声。薬師と一緒に史扇将軍に追い出されるときに見た寝台の乱れようと、長椅子に横たわった姿から察してしまったのだ。

「わたしがついていながら、お守りできませんでした。申し訳ありません」

這い蹲《うずくま》るようにして謝罪する義丹の頭に、珠泉はそっと手を置いた。

「そなたの非力では、あの雄偉《ゆうい》な光烈を阻止などできなかったであろう。責めはせぬ。それよりとても歩けそうにない。羹をここに」

珠泉はようやく身体を起こすと、一度履いた沓を脱ぎ、寝台に上がった。半分膝を折って、腰に負担が掛からぬように座り直すと、珠泉は義丹がそっと渡してくれた羹を啜った。温みが身体に染み通るようだった。

羹を飲み干すと空腹が少し収まり人心地がついた珠泉は、この先のことに思いを馳《は》せた。

義丹が細々と動いて珠泉の身支度を手伝っている。倦怠感のある身体を起こして、洗面をし、衣服を着替えた。櫃の中に、臨陽で着ていたのよりもっと上質な布帛で作られた、

豪奢《ごうしゃ》な袍や衫が納められているのを見て、義丹は、

「これだけの品が用意されているのでしたら、前々からの陰謀《いんぼう》だったのですね」

と吐息をつき、珠泉の方は、その鮮やかな色合いの衣服を見て困惑する。それらから窺えるのは、絶大な好意である。相手を大切に思っているが故に、色も吟味《ぎんみ》し布も吟味して衣服を整える。虜囚《りよしゆう》としての待遇には見えず、といって、昨夜の光烈王の振る舞いは……。

珠泉には、光烈王の心がさっぱりわからない。

首を振って、相手の心を推《お》し量《はか》ることを一時棚上げにした。今はここから逃げることを優先すべきと思ったのだ。

しかしどうやって麟国を抜け出すか。自分と義丹だけでは、どうにもならないことはわかっている。

「王珈《おうか》がいてくれれば」

珠泉は首都臨陽にいる禁軍総師の名前を呟いた。

禁軍とは華王朝直属の軍のことだ。政を皇帝に預ける聖帝であるから、平時には禁軍の兵力は首都防衛に必要な一師（二千五百人）しかいない。ただし華王朝が徴兵して各国から兵を集めたときには、上中下三軍（一軍は五師）に加え左右二軍までをその指揮下に従えることになる。従って禁軍の総師は、将軍より上、大将軍位を保持している。

「そうでした。王珈将軍がおられました」

ぱっと義丹が顔を輝かせた。

「臨陽では、珠泉様の不在で大騒ぎになっているはずです。きっとすぐに皇帝陛下のご無体も明らかになるでしょう。そうすれば王珈将軍が徴兵令を発布されます。各国の兵が十重二十重に麟国を囲めば、いくら皇帝陛下でも降伏なさるでしょう」

義丹が弾んだ声で言うのを聞いて、珠泉の表情が曇った。光烈王が禁軍に討伐《とうばつ》されて地に伏すのを、見たくないと一瞬思ってしまったのだ。

「あれは私の皇帝だ」

初めて持った皇帝が光烈王で嬉しかった。堂々とした態度、こちらを敬愛する眼差し、そして些細《ささい》な自分の言葉にもちゃんと応えてくれて……。

「それが、どうして誘拐など……」

またもや思考が堂々巡りを始めて沈み込んでいると、羹を下げに行った義丹が、ひとりの貴人を伴ってきた。一瞬光烈王かと思ったほどよく似ている。よく見れば彼よりも少し若くて、違うとわかったが。会いたくないと思っていたのに、光烈王、と思った途端、胸が騒いだのはなぜだろうと珠泉は首を傾げる。別人とわかって、嘘のように鼓動は収まったのだが。

「初めて御意を得ます。わたしは麟国の王師を預かる史扇と申します。このたびは聖帝陛下のご来麟を心より歓迎いたします」

「望んできたわけではない」

不機嫌に応えた珠泉に、史扇は悪びれずに頭を下げた。

「それにつきましては、重々お詫《わ》びいたします」

詫びているにしては声が軽くて明るい。珠泉は不審に思って、逸らし気味にしていた眸を真っ直ぐ史扇に向けた。視線が合うと、彼はにっこりと笑う。

毒気を抜かれてしまうような、悪びれない態度だ。王師を預かるにしては若いし軽妙すぎる気がする。しかも史扇がそのあとに言った言葉は。

「本当にお美しい方だ。臨陽では末席に連なっておりましたので、これほどのご麗質《れいしつ》を近くで拝見できなかったのですよ。兄が昏迷《こんめい》するのももっともですね」

「え?」

何を言われたのかと一瞬首を傾げ、察した途端珠泉はみるみる赤くなった。相手が光烈王がした行為を知っていることが伝わってきたのだ。しかもそれを肯定しているように窺える。唇をわなわなと震わせて罵倒《ばとう》の言葉を吐こうとしたとき、

「淡《あわ》い翠の、重ねの衣装がよくお似合いです。兄は陛下の御着物を選ぶとき、吟味に吟味

を重ねていたのですよ。弟のわたしも、珍品を手に入れるために各地に走らされたものです。気に入っていただけたのでしたら、とても嬉しく思います」

声を上げようとした機先を制されたので、珠泉はぐっと息を詰め、そして史扇にまるで悪気がないことを察すると、無下《むげ》にもしかねてしぶしぶ頷いた。

「着心地はよい」

「それはようございました」

ぱっと表情を輝かせ、それが明るく華やいで見えることに、珠泉はわずかに反発した。そして、似ているが、私は光烈の方が好みだ、と考えてしまい密かに動揺する。内なる思いに囚われている間に、史扇はさくさくと話を進めていた。

「兄が陛下のご機嫌を損じたと萎《しお》れていました。けっして悪気はなかったので、せめて拝謁だけはお許しいただけませんか？」

「嫌だ」

拒絶の言葉が反射的に口から飛び出していた。即座の拒否に、さすがに史扇も言葉を失う。気まずい間が開いて、こほんと咳払いした史扇が気を取り直したように、

「心から反省しているのですが、駄目でしょうか」

と言葉を繋ぐと、珠泉の眸からきらきらしたものが溢れ出した。

「反省したから、許せと言うのかっ。そなたは、あの暴虐を私に堪え忍べと」

激した思いで胸がいっぱいになり、涙となって溢れてきた。珠泉の涙に、史扇が狼狽《ろうばい》する。

「わたしの申したことは、お嘆《なげ》きあそばすほどのことなのでしょうか」

焦ったように史扇が言うので、珠泉は、潤《うる》みを帯びた声で言い返した。

「この身を力ずくで陵辱されて、貶められたことを、私に嘆くなと言うのか！」

「は？」

絶句したのは、史扇の方だった。とんでもないことを聞いた、とばかり唖然《あぜん》と目も口も開き、珠泉の嘆きが本心からのものであることを察すると、今度は用心深い声で確認してきた。

「兄は、お許しをいただいた、と申しておりましたが……」

「いったいいつ！　このような屈辱を私が許したというのだ！」

勝手な言い分に腹がたって、思わず怒鳴ると、史扇が慌てたように手を振った。

「し、しばらく、しばらくお待ちくださいませ。どうやら双方に誤解があるように察せられます」

珠泉は激昂したあとの荒い息のまま、急いで出て行く史扇の後ろ姿を見送った。

側に控えていた義丹が、急いでお茶を持ってくる。

「ああ、ありがとう」

ぬるめに淹《い》れてあったので一息に飲み干し、「信じられない」と額を押さえる。

「どうして私が許したなどと……」

呟いたとき、ばたばたと慌ただしい気配がして、史扇と光烈王が入ってきた。

「さ、兄君。聖帝陛下の前で、欺瞞《ぎまん》は許されませんぞ。きりきり白状なされませ」

史扇にせっつかれて、光烈王が困惑した視線を珠泉に向けてくる。その強い眼差しを受け止めかねて、珠泉は眸を逸らした。当人を前にすると、痴態を晒した我が身が思い出されて、とても正視などできない。

「珠泉、いったいなぜ史扇に、許していないなどと、虚言を申されるのですか？　昨夜はふたりで幸せな時間を過ごしたではありませんか」

「な……っ」

とんでもない言いぐさに、珠泉はぱっと視線を戻した。

「望みが叶ってよかったなと、言ってくださったではありませんか。しかもわたしといられるのは嬉しいと。抱き締めても拒否はなさらなかったし、それどころかあなたの方から触れてくださった」

「ち、違う……」

何処でどう間違って、そんな解釈になるのだ。珠泉はもどかしさに唇を震わせながら、違う、と言い続けた。

困惑した空気が漂《ただよ》い、見かねた史扇が間に入った。

「つまり、聖帝陛下は、兄の気持ちを受け入れたわけではないと」

珠泉はこくこくと頷いた。そして、

「光烈の気持ちなど知らなかった。私は、一緒に政を行える、と思ったから、光烈といられるのは嬉しいと言ったのだ」

と言い訳をした。

「しかし、抱き締めたらわたしの背に手を回してくださった。それは許すと言ってくださったのでは……」

「私はただ、そなたが立派な体格をしているのが羨《うらや》ましかっただけだ」

光烈王がかっと眸を見開いた。

「それだけ……。たったそれだけ」

呻くように言って、珠泉の方に身体を乗り出そうとしたのを、史扇が慌てて引き留めた。

珠泉は怯えたように寝台で身を縮めている。

「兄君。これは大変な不敬ですぞ。不敬、という言葉では足らない。あなたは許しもなく聖帝陛下の御身を辱めたことに……」

「辱めてなどいない！」

史扇の言葉を光烈王は激しく否定した。

「俺は最大限の好意と敬意を持って、珠泉に接して……」

「けれど許しを得ないそのような行為は、陵辱と言われるのです」

きっぱりと断言されて、光烈王は頭を抱えた。

「聖帝陛下。かくのごとき次第で、大変不幸な誤解が生じました。陛下にはお詫びのしようもございません。ただ、兄もこうして反省しておりますので、二度と過《あやま》ちはいたさないと、わたしが断言いたします。しばし麟国に御留まりあって、せめて明光風靡《めいこうふうび》な景色をご堪能《たんのう》いただきたいと……」

「待て」

言いつくろおうとした史扇を、光烈王が遮った。強い眼差しで珠泉を見る。思わず引いてしまうほどの激烈な気が彼を包んでいる。

「兄君」

史扇が袖を引いて止めるのを振り払い、光烈王は珠泉を見据えた。

「珠泉。あなたがわたしのことをなんとも思っておられないことは、理解しました。なれど、この想いは七年の歳月をかけて育ってきたもの。簡単に捨て去ることなどできません。これまでのことが誤解なら、誤解でよろしい。これからあなたを口説かせていただく」

「兄君！」

狼狽して止める史扇には一顧《いっこ》だにせず、光烈王は堂々と言い切り、

「よろしいですな」

と念を押す。

「兄君、それでは脅迫《きょうはく》です」

なんとか押し止めようとした史扇の努力も空しかった。光烈は眸に熱い炎を燃やしながら珠泉を凝視する。逸らすのを許さない、あまりにも強い視線だ。

「珠泉、今後、あなたの許しなく触れることは、絶対にしない、とお誓いする。だからわたしがあなたに真情を訴える機会を拒絶しないでいただきたい」

強弁には違いない。しかしその中に赤心《せきしん》が感じられ、珠泉は「否」という言葉を躊躇った。これまでの経緯から、確かに誤解があったことはわかった。許せないという気持ちはまだ強いけれども、誤解させてしまったのは、自分の態度にも非があったせいだとも認識した。

光烈王は許しなく触れることはないと誓っている。それは信じられる。だったら、少し様子を見るくらいは……。

そこまで気持ちが軟化《なんか》したのは、光烈王を好ましく思う気持ちが、珠泉の中にも潜んでいたせいだろう。もちろん、相手が向けてくる好意と珠泉のそれとでは、今はまだ、全く種類が違うものではあったが。

長い沈思《ちんし》の末、珠泉がこくりと頷いた。光烈王はぱっと表情を輝かせ、思わずと言ったふうに珠泉の手を握っていた。

「やっ」

反射的に珠泉がその手を払う。まだ肌に触れられるのは怖いのだ。光烈王は傷ついたように表情を歪《ゆが》めたが、

「兄君」

窘められて、急いで謝《あやま》った。

「申し訳ない。あまりに嬉しかったゆえ」

珠泉は、怯えた眸で彼を見上げながら、

「私は許したわけではない。行いを慎《つつし》むよう」

と震える声で告げた。

「御意」

きっぱり頷いた光烈王は、急に労るような表情を浮かべた。

「羹しか食しておられないと聞いています。もし食欲がおありでしたら、何か届けさせますが？」

食べ物、と聞いて、珠泉は思わず腹に手を当てていた。食べたいか？　と自らに問うように小首を傾げ、それからゆるゆると光烈王を見て頷いた。

「こちらでお召し上がりになりますか？　それとも別室に卓を用意させましょうか？」

「ここでよい」

「それではしばし、お待ちください」

立ち上がった光烈王は有無を言わさず史扇も立ち上がらせて、さっさと部屋を出て行った。扉の向こうで、侍臣を呼ぶ大声が聞こえている。「膳の支度を」と命じているのを聞きながら、珠泉はぐったりと寝台に背中を預けていた。

疲れた、というのが正直な感想だ。あの強烈な個性に晒されると、奔流《ほんりゅう》に攫われたように感情を揺さぶられ、目眩《めまい》を覚える。中庸《ちゅうよう》を旨とする朝臣たちに囲まれていたから、際だつ個性の持ち主に免疫《めんえき》がないのだ。何処にあっても自ら太陽のように輝く。珠泉は光烈王をそのように感じていた。

それに比べて、自分はどうだろう。清らかな玉の泉。自分の名はそれで、決して嫌いではないが、どう考えても熱源に乏《とぼ》しい。

「まさに名は体を表す」

珠泉はほっと吐息を零しながら、呟いていた。

義丹が呼ばれて出て行き、料理を捧げた一行の先に立って戻ってきた。室内にあった一番大きな卓に布がかけられ、湯気の上がる料理が所狭しと置かれていく。いったいこの量を誰が食べるのだろう。そして、いつの間にこれだけの料理が用意されていたのか。光烈王が部屋を出て、「膳の支度」と怒鳴ってから、そんなに時間は経っていない。

義丹に促され、手を借りながら卓の前にそろそろと座ったときも、まだ料理は運ばれ続けていた。置くところがなくて、小卓を引き寄せ、その上にも布がかけられて、今度はそちらに並べられている。鶏《にわとり》、鶉《うずら》、雉《きじ》などの鳥肉を、焼いたり炙《あぶ》ったりスープに肉団子として入れられていたりと、様々に加工されたもの。猪《いのしし》、鹿《しか》、兎《うさぎ》、羊などを香草を用いて料理し、あるいは野菜を煮たり炒《いた》めたりしたもの。

どれから箸《はし》をつけていいか困惑していた珠泉の傍らに、光烈王が椅子を運ばせて座り込んだ。反射的に珠泉は身体を離す。光烈王はそのことは何も言わず、小皿を取り上げると、料理の説明をしながら一口ずつ取り分けて、珠泉の前に置いた。

「どうぞ。お口汚しですが」

珠泉は光烈王と皿に視線を往復させたあとで、恐る恐る箸を取り上げた。小皿から、肉の小片を摘んで口に運ぶ。嚙み締めるようにじっくり味わって、

「おいしい」

ぽろりと言葉が出ていた。

「あなたのために、昨夜からあれこれと用意させておいたのです。お口にあって、調理した者の面目《めんもく》も保てます」

光烈王は笑みを浮かべ、そのあともせっせと小皿に料理を取り分けた。臨陽で珠泉が「甘い」と感嘆《かんたん》した酒も用意させていたので、食べかつ飲んでいた珠泉は、次第に光烈王への警戒を薄れさせていた。満腹になる頃には、仄かに笑いながら光烈王に酔眼を向けるほどで、傍らに控えて所用に備えていた義丹の眸が、心配そうに何度も自分に注がれているのにも、気がつかない。

「もう入らぬ。光烈の料理人は天才だな」

「ありがたいお言葉。早速にも伝えておきましょう。聖帝陛下がそう仰せだと聞けば、さぞ狂喜することと」

「聖帝の言葉だから、喜ぶのか?」

少し酔いかけている珠泉は、言葉尻を捉《とら》えて詰った。

「いえ、あなたの言葉だからこそ、です」

光烈王は穏やかに言い換え、珠泉は満足して頷いた。

「もう一口いかがですか？」

勧められて、珠泉は嬉しそうに盃を差し出した。光烈王がほんの少し注いだのを、小さな舌で舐めるように味わった。桃色の舌がちらりちらりと覗くようすを、光烈王がじっと見つめているのには全く気がつかないまま。そして、ふと思いついた疑問を尋ねようと顔を上げ、狼狽したように光烈王が顔を逸らすのに首を傾げた。

「どうした？」

「いえ、何でもありません。それより、何か？」

「そうだった。光烈王は私を欲していたという。しかし、やり方があまりにも乱暴ではないか？　私は何も知らされないままここに拉致《らち》されて来たし、同じく何も知らないまま、そなたに……」

言い淀《よど》んだが、そこは酔いが勝ってあとを続けた。

「ともかく、まずは気持ちを打ち明けて、私の心に訴えるところから始めるべきではなかったか。今のこれでは順序が反対だ」

酔っていながら、言うことは意外に整然としていた。それをおかしく思ったのか、光烈王が微笑したので、珠泉は、むっとして袖で光烈王をぶった。

「私を笑うか」

「いえ、そのあたりを説明する機会をいただけてありがたく思っただけです。最初はわたしも珠泉に、ゆっくりお付き合いをしてわたしのことを知っていただこうと思っていました。けれど、官人のひとりに帰国を急ぐように言われ、そのとき初めて、皇帝に政を預けた聖帝陛下はそのまま臨陽に留まり、お会いできるのは年に一度、報告のために上京するそのときしかないと知らされたのです。わたしの思惑《おもわく》は外れてしまいました」

「そうなのか？　わたしは反対に、光烈王が臨陽に留まるものと思っていたぞ」

「お互い、思い違いをしていたわけですね」

珠泉の言葉に光烈王は苦く笑った。

「長年の想いがようやく叶うと有頂天《うちようてん》になっていた高みから、奈落の底に突き落とされました。わたしの失望をお察しください。結果、絶対にこのまま諦めてなるものかと思い詰め、このような暴挙に出た次第です」

「自ら、暴挙というか。わかっているなら、私を臨陽へ戻せ」

「それは、ご容赦を」

すかさず光烈王がそう返し、珠泉は「勝手なことを」とぶつぶつ言いながら、盃に残っていた酒を飲み干した。どうやらそれが珠泉の酒量の限界だったようだ。眠そうに身体がゆらゆらと揺れ始めた。体調が十分でなかったせいで、疲れも出ているのだろう。

光烈王は珠泉の身体が自分に凭れるところまで椅子を近づけ、寄り掛かってくる身体をそっと受け止めた。側で義丹が睨んでいたが、さすがに賤臣《せんしん》の身で皇帝を咎めることはできず、唇を噛んでいる。

珠泉がうつらうつらしている間に、光烈王の指図で卓の上が片づけられていく。最後に布も取り払われ、部屋は元の姿に戻った。

扉の開け閉めで、微かに涼しい風が吹き込んできた。珠泉が目を開ける。自分が光烈王に凭れていたことを知ると、慌てたように椅子を離した。それを咎めるでもなく、光烈王がさりげなく聞く。

「お疲れのようですが、このままもう一度お休みになりますか?」

珠泉はどうしようかと寝台を見て迷ったが、少し寝ただけで頭はすっきりし、横になるのも惜しい気がしてきた。身体もだいぶ楽になっている。

「宮中を歩いてみたい」

と希望を述べた。しかし、

「それでは」

と差し出された手を、珠泉は受けかねた。雄偉な体格の光烈王と、非力な自分。無理強いされたら、どうしようもない。先ほどうたた寝をしていて凭れてしまった気の緩みを、自分で危ぶんでいる。またなし崩しにされたら……。その怯えが去らない限り、珠泉は光烈王の手を取るのを躊躇い続けるだろう。

「珠泉。他意はありません。ただ身体がお辛いだろうと案じただけです」

そこまで言われて、珠泉は探るように光烈王を見た。光烈王は優しい眼差しで見返している。つい最前見せられた、激烈な覇気《はき》は息を潜めてしまった。

この光烈王なら。

珠泉はついに光烈王の手に、その手を乗せた。立ち上がるときにふらつくと、力強い手が支えてくれる。指を握られた一瞬はびくっとしたが、それ以上の接触がなかったので、次第に気持ちも落ち着いた。

光烈王の指示で、扉が開かれる。左右に警備の兵が並び、その向こうには官がぎっしり詰めかけている。物々しいようすに、珠泉は居竦んでしまった。

「珠泉、皆、あなたに忠誠を誓う者たちです」

そっと手を引かれ、珠泉は一歩を踏み出した。

光烈王の言うとおり、珠泉が前を通ると、兵たちは武器を掲げて礼を尽くし、官たちは恭しく拝揖した。

「陛下が来麟されたことを、皆が心から喜んでおります」

「……望んできたわけではないが?」

ひそりとそこだけは皮肉を返したが、珠泉は密かに感激していた。臨陽から出ることさえ稀《まれ》な珠泉だ。自分の臣以外の人々に歓迎される、これが初めての経験になった。

ひとの波が尽きる頃、珠泉は中庭にと案内されていた。

「桃園です。庭師たちの丹精で、季節が来ると甘い実をつけます。ぜひ、珠泉に召し上がっていただきたい」

言われて珠泉は光烈王を振り向いていた。

「私が桃を好むことを知っていたのか?」

「七年ありましたので。情報もいろいろ手に入りました」

光烈王はさりげなく言ったが、その間彼は皇帝になるために覇権を目指していたはずだ。どれだけ時間があっても足りなかっただろうに、その合間に、自分のことを考え手配していたというのか。

「この地で、できるだけ居心地よく過ごしていただきたいと願っていました」

不確かな未来だったはずだ。自分がここに来るという保証は何もなかった。それでも光烈王は桃の木を植えていた。

珠泉は黙ったまま、葉を茂らせた桃の木の間を歩いた。実はまだ固く、熟すにはもう少しかかりそうだが、この桃を食べてみたいと強く思った。

「向こう側が梨園です。そぞろ歩く小道には珠泉のお好きな花が四季折々に咲くよう、庭師たちが手を尽くしています」

梨も、珠泉の好物だった。好きなものほど自制しなければならないと教えられ、実のなる季節に一度か二度しか食膳に上がらない。だから余計に、好物になってしまったのだろうと思っている。

桃も梨も、ここでは取り放題だ。光烈王はけっしていけないとは言わないだろう。

咲き乱れる花も、珠泉を喜ばせた。途中で行き合った庭師は、恭しく拝礼したあと、珠泉の問いに、これらの庭はすべて七年前に計画されここまでになったと答えてくれた。

珠泉はそっと光烈王を窺った。

本当にこの男は、ずっと七年間、自分を側に置くことだけを考え続けてきたのか、と一種の感動のようなものを覚えた。もちろん、突然の弄虐を決して許したわけではないが、それでも長い年月、自分だけを望み続けてくれた真実が、珠泉の心に温かく染み入ってきた。

「お疲れですか？」

ぼんやり光烈王を見ていたら、ひょいと視線を向けられて、眸が合ってしまった。内心狼狽したものの、あからさまに顔を背けるのもなんとなく負けたようで悔しくて、逸らさないでいると、不意に屈《かが》み込んだ光烈王が早業のように口づけを奪っていった。

「な……っ」

預けていた手を振り払い、両手で口を覆う。非難の眸で見上げると、

「口説いてよいとご許可をいただきましたので」

悪びれもせずに言い放つ。

「私はそのような許可、出して……」

いない、と言い切ろうとして、いや、承知したのだったか？　と思い返した。光烈王が開き直ったように言葉で押してきたとき、確かに自分は頷いた。真情を吐露《とろ》する言葉を聞くと。だがそれは、聞く、と言っただけで、こんなことまで許したつもりでは。第一光烈王は、みだりに触れないと約束したのではないか？

何をいいと言って、何をいけないと言ったのか、一瞬珠泉は混乱してしまった。

その狼狽に付け込むように、光烈王はさりげなく珠泉の手を取り、四阿《あずまや》に誘導していっ

た。

「お疲れのようです。しばらくこちらでお休みください」

どこに潜んでいたのか、たちまち現れた侍臣たちが、四阿の椅子の汚れを払い、卓の上に布を広げ、爽やかな香りのお茶を置くと、現れたときと同じように消えていった。

ふくよかなお茶の芳香が漂い、静かなときが流れる。光烈王も黙っているし、珠泉も口を開かない。最初はぎこちない沈黙だったが、やがて小鳥のさえずりが聞こえ始め、そよ吹く風や優しく降り注ぐ日差しが、互いの気持ちを解してくれた。

光烈王がじっとこちらを見ている。珠泉は左頬に彼の視線を感じ、そのあたりが熱くなるのを感じていた。

「見るな」

小さな声で制してみる。

「あなたのお言葉は、わたしにとって天の声にも等しいのですが、その命令だけは聞けません」

「なぜ……？」

「わたしにとって、あなたのお姿こそが、生きる糧《かて》だからです」

胸が甘く震える。かつてこれほど熱く望まれたことがあっただろうか。

光烈王は自分を口説いているだけだ。美辞麗句《びじれいく》を連ねて、軟化させようとしているだけと自らに言い聞かせ、けれどそれも自分を欲しているからなのだと思うと、どきどきと鼓動が高まるのを押さえきれなかった。胸が苦しくて、そっと押さえると、

「ご気分が悪いのですか？」

すぐに気遣ってくれる。

「いや」

項からぼうっと赤らんでいるのを見れば、こちらの気持ちくらいわかるだろうに、となんだか八つ当たりしたくなる珠泉だった。それがすでに光烈王に気を許し甘えている証拠だとは、そのときの珠泉は気がついてはいない。

さて、珠泉が消えた臨陽では、たいへんな騒ぎになっていた。

眠りこけていた側近が目覚めたとき、聖帝の姿も新皇帝の姿もなく、早朝に麟国の王師が隊列を整えて引き揚げていったと報告が上がってきている。恒例の慶祝の行事も踏まず、まるで遁走《とんそう》したような慌ただしさだ。

華王朝官人の首座にある宰相が、重臣を呼び集めた。皇帝登極まで政を握っていた彼らにしても、この事態をどうすればいいのか頭を抱え込んでいる。そもそも皇帝の意図がわからない。すでに戴冠がすんでいる以上は、皇位を僭称《せんしょう》するために聖帝を拉致したという理由は成り立たない。帝を害そうとして、というのとも違うようである。殺害の意志があるなら、眠り薬の代わりに毒を使えばその場ですんでいた。

ではなんのために連れ去ったのか。一同は黙り込んでしまった。

「その議論をする前にまず確認すべきは、珠泉様を拉致したのは間違いなく皇帝陛下なのかを確認することです」

重々しい声が沈黙を破《やぶ》った。禁軍、大将軍位にある王珈である。年の頃は三十半ば。心身共に充溢《じゅういつ》した男盛りの彼は、禁軍兵士から絶大な支持を得ている。

たちまち諸処から抗議の声が上がる。「皇帝以外、いったい誰が」とか、「共に消えたのがその証拠」とか、侃々諤々《かんかんがくがく》かまびすしい。

「皇帝に罪を着せるための策略でないと、断言できますか」

静かに言った王珈の言葉に、一同は沈黙する。宰相も腕組みをして唸《うな》り始めた。

確かに、光烈王が覇権を握るまでは、各国君主が競合していた。光烈王は彼らを押し退けて皇位についたわけだが、そうなると破れた君主たちは今度は皇帝の失政を虎視眈々《こしたんたん》と狙《ねら》うことになる。華王朝の制度では、皇帝は、失政があれば罷免《ひめん》されるのだ。

「最後まで争っていたのは琥国でしたが、どの国にも疑いは抱けます。まずはそちらに探索の手を伸ばし、同時に麟国も探らせましょう」

「もし、皇帝の所行であるとわかれば？」

　宰相が、試《ため》すように聞いた。

「探索の結果、白とわかった国から順に、極秘で徴兵令を発します。皇帝陛下ひとりに三師は必要でしょうから、このたびは上中下軍まで組織することになります。また首謀者が陛下でなかった場合も、謀略を巡らせた君主を罰しなければなりませんから、徴兵は必要でしょう。ただしその場合、禁軍の指揮権は皇帝陛下に委ねることになります」

　さらさらとなんの苦もないように王珈が説明するのを、集まった官人は頷きながら聞いていた。華王朝が以前に徴兵を発したのは、かなり前のことになる。その間、世は多少の波風はありつつも穏やかに収まっていたのだ。

「それにしても、もし犯人が皇帝陛下だとすれば、いったいなぜそのような暴挙を。罪が露わになれば、皇位を剝奪《はくだつ》され禁軍に攻められるのはわかっていただろうに」

　宰相の持つ疑問は、官人すべての疑問だった。

「さてそれは、皇帝陛下ご本人に聞かなければわからないことでしょうな」

王珈があっさりと言い、立ち上がった。

「わたしはまず、各国軍の知り合いに探りを入れてみます。下々の方が、噂話は集めやすいので」

「そうしてくれ。こちらはこちらで手を打とう」

宰相が王珈に頷き、重苦しい雰囲気で、会議は散会した。

宰相は皆を見送って、最後に立ち上がった。沈痛な気分で部屋を出る。自分の室へ戻ろうと通路を曲がった途端、思わず立ち止まった。王珈が待ち受けていたのだ。

「王珈将軍、どうしたのだ」

「少々他聞を憚《はばか》ることでして」

「わたしの室でよいか」

「はい」

宰相は王珈を従えて室に戻り、人払いした。

「宰相なら、麟国内部のことはご存知ですね」

王珈が声を潜めて言う。もちろん華王朝の宰相としては、皇帝となる家のことは様々な不安要素まで調べ上げている。

「まあ、それなりには」

「光烈王を亡き者にしたいと願っているのは誰ですか？」

王珈は、皇帝という言葉を避けて、光烈王という呼び方をした。そのことで、皇帝への不信感を表現したのだ。先ほどは皇帝を陥《おとしい》れる策謀かもしれないという意見は出したが、王珈自身は皇帝の仕業だとほぼ確信を持っていると暗に示したのだ。

「将軍っ」

とんでもないことを聞かれて、宰相は飛び上がった。

「しーっ、お静かに」

「し、しかし……」

「万一のときは光烈王を暗殺し、混乱に乗じて聖帝陛下をお救いする、その手段を講じておきたいのです。もちろん、首謀者が光烈王でなければ、この計画は闇に沈めます」

宰相は、驚愕の息を呑み込んだあと、王珈の提案を考え始めた。

「確かに、その手が使えれば、被害を最小限で食い止めることができる。光烈王と正面から戦ったのでは、双方に多大の死傷者が出ようからな」

つられたように、宰相も光烈王と呼び捨てにし始めた。

「わたしも光烈王の武勇は見聞きしております。負けるとは思いませんが、相当な苦戦は覚悟しなければなりません。ですので、そこに至る前に解決できれば……」

「わかった。少し待ちなさい」

宰相は王珈を待たせたまま自ら立って、麟国を調査させたときの報告書を取ってきた。

「これはそなたに預ける。この中に、ある人物の名がある。自分が王位につけなかったのを恨みに思っているから、うまく持ちかければ利用できるだろう」

「お預かりします」

宰相に渡された書類を恭しく捧げ持って、王珈は下がっていった。卑怯な手は王珈にしても使いたくないが、今最優先されるべきは、聖帝の身の安全だ。そのために首謀者に死を贈ることくらい、なんの痛痒《つうよう》もなくできる。

王珈は屯営所内に与えられた自分の室へ戻ると早速報告書を読み、麟国内の情報を頭の中で整理した。


皇帝が聖帝を伴って帰国した、という噂は、あっという間に麟国内に広まった。珠泉が珍しがってあちこちに御幸《みゆき》したがるせいだ。光烈王はその願いをことごとく叶え、自分も付き添って、国内を巡察した。

麟国は山が多く、耕作に適した土地が少ない。冬厳しく、夏は暑い苛酷《かこく》な気候をかいくぐるようにして、作物を得ていた。王室の長年の配慮で、不作の年でも餓死者こそ出したことはないが、決して豊かとは言えない国であることも間違いない。

「ただ、我が国には麟鉱石《りんこうせき》が出ます」

光烈王が、止めた輿の横で珠泉に説明した。目の前に広がるのは荒涼《こうりょう》とした岩山で、今日は変わった場所をご案内しましょうと、光烈王に連れられてここまで来たのだ。

「麟鉱石?」

「水晶のように透き通っていて、しかし水晶よりずっと硬く、磨き上げて光を当てれば七色の光彩を放ちます」

何気なく、珠泉は耳に手を当てた。数日前、光烈王から贈られた耳飾りが揺れている。光を当てると虹色に輝くので、綺麗だなと気に入って早速身につけた。見たことのない玉だと思ったし、麟鉱石と言われてもぴんと来ない。そんな玉の名は聞いたことがないと、首を傾げるばかりだ。これだけ綺麗な玉なら、さぞ持て囃《はや》されるだろうに、どうして耳にしたことがなかったのだろう。

「磨き方を変えれば、刃になります」

「え?」

「刃にしたときの名は、白剛石《はくごうせき》です」

「まさか」

思わず耳飾りを取ろうとした。

「大丈夫です、珠泉。それは玉として磨き上げたものですから、刃になりません」

「でも」

白剛石のことは珠泉も知っている。その性質からあまり大きな刃にはならないが、槍の穂先などにすると凄まじい威力を発揮する。鍛《きた》えられた剣でも簡単に真っ二つにできるし、刃こぼれひとつしない。金額も王侯の身代金ほどはするから、宝物として先祖代々伝えられていることが多い。

「もともと麟鉱石の産出は少なく、我が国の王は代々争いの的になるのを嫌って、採掘に熱心ではありませんでした。けれど父の代に大きな鉱山が発見されたのです。各国から狙われてはかなわないと、一度は封印するところまで話は進んでいたのですが。なにしろ宝の山ですからね、麟鉱山は。ところがわたしが覇道を目指したいと言ったものですから、一転採掘することになりました。ここが、その鉱山です」

珠泉は目の前に広がる瓦礫《がれき》を見た。山は、岩がごろごろ転がり、間にまばらに低い灌木《かんぼく》が生えている。鉱山の入り口となる場所がどこか、ここからはさっぱりわからない。

「足場は悪いのですが、お歩きになりますか？」

光烈王に促されて、珠泉は輿から下りた。

「こちらです」

案内されて、瓦礫を踏みしめる。蹌踉けそうになると、光烈王がすかさず手を差し伸べてくれた。このごろでは、それにいちいちびくつくこともなくなった。

光烈王の自制心が間違いないとわかると、珠泉の警戒もなし崩しに消えていったのだ。もともとひとを疑うことを知らない珠泉だ。聖帝として、あくまでも徳高く、相手を思いやる慈愛に満ち、素直にひとを信じるように育てられてきた。

手を取られて危うい足取りで瓦礫を進むうち、出っ張った大岩の陰に、ぱっくりと口を開けた入り口が見えてきた。従者が進み出て、炬火を掲げる。

「最後に、珠泉にお目に掛けたかったのです」

「最後？」

首を傾げたが、それには光烈王は答えず、左右に炬火を掲げる従者を並ばせて、坑道が赤々と照らされるように配慮した。岩壁はあくまでも黒く、炬火がどれほど並んでも坑道の雰囲気は冥界《めいかい》のようであった。所々、天上に穴が開けられていて、空気と光を取り入れるように工夫されていた。炬火がこれほど灯されていても息苦しくならないのはそのせいだ。

「ここです」

光烈王が立ち止まって、すでに開かれていた木の扉を示した。

くぐり抜けたところが、広い空間になっている。ちょうど月台《テラス》のような平たい台地になっていて、少し先に手すりが設けてある。

なんだろうと訝りながらもそこまで歩いていった珠泉は、立ち止まって下を見た途端、くらりと目眩に襲われて蹌踉めいた。

「危ない」

光烈王が背後から抱き留めてくれた。

「なん、だ、これは」

珠泉は支えながら傍らに立った光烈王の上着の裾《すそ》を、命綱のように握り締める。役得とばかりぐっと身体を寄せてくる相手の思惑など、感じる暇もない。

その場所から下は、底知れぬ深さの、千尋《せんじん》の谷となっていたのだ。手すりがあるのは、うっかりひとが奈落へ落ち込まないようにとの配慮だろう。天上に、自然にできた亀裂《きれつ》が走り、そこから入ってくる陽光が、かえって谷の底知れなさを暴き立てていた。薄暮の明るさはあっても、谷の深さを測ることができない。

「実はこの地中の谷の壁すべてに、豊富な麟鉱石が含まれているのです。採掘に従事するものは、困難な体勢を余儀なくされながら奮闘《ふんとう》してくれました。犠牲者も、出ています。わたしが覇道を目指すと言ったばかりに。しかし、おかげで軍資金にも困らず、武器も白剛石を用いて優位に立つことができました」

そこだけは、光烈王の言葉も湿り勝ちになった。

「従いまして、このたび念願叶ったからは、この坑道の閉鎖を決断いたしました」

「閉ざすのか?」

珠泉はびっくりしたように光烈王を見上げた。

「麟鉱石が白剛石になるなら、ここは宝の山ではないのか。莫大な財力を産む。それに武器ではなく玉にしても、たいそう珍重されることであろう」

珠泉は自分の耳飾りを押さえてみせた。

「確かに。その玉はどのようにしても欠《か》けたり壊れたりすることがない鋼玉なので、永遠の愛の証にと用いられているようです。そういう素晴らしい宝を内包する麟鉱石ですから、採掘を続けたなら、麟国の富裕は突出したものになるでしょう。しかしそれは逆に各国の羨望《せんぼう》を招く。不和の元ともなるわけです」

「そうか。それは考えなかった」

珠泉は、耳朶を弄る。硬い玉が指に触れた。光烈王から閉山に至る説明を聞いて頷きながら、この美しい玉がなくなるのは残念だな、とふと考えた。

永遠の愛、光烈王のそれは欲しくないが、と自分に言い訳しながら、それでも恋人同士なら、幸せの記念になるだろうと思える。

が、すでに閉山と決まっていることを、珠泉が覆す理由もない。

光烈王に支えられながら、深い谷を覗き込んだ。天上から差し込む陽光は、谷の縁《ふち》あたりをわずかに照らしているだけだ。その下は、黒々と静まり返っていて何も見えない。

「ここ以外の場所からの採掘で、最低限の量はまかなえるはずです。武器になる白剛石は、少ないほどよい。わたしはそれもできるだけ玉に磨かせようと考えています。そうすれば、武器に転用される麟鉱石は、ますます減る」

珠泉は、微笑みながら頷いた。

「それはよい。私も麟鉱石が白剛石になるより、玉になる方が嬉しい」

「武器より玉。それを我が施政《しせい》の要《かなめ》といたします」

珠泉の言葉を光烈王が恭しく受けた。そこまでのつもりではなかった珠泉も、平和は民の求めるところ、確かによい施政方針であると考え直して頷いた。

「よき判断だと思う」

光烈王は珠泉を促して、柵のある台地の縁から後退し、周囲に集まっていた、炬火を捧げる従者たちを呼び寄せた。合図に従って、彼らは次々に炬火を谷に投げ入れる。おびただしい光が帯のようになって、岩肌を照らしながら落ちていった。所々できらりと光るのは、含まれている麟鉱石の原石なのだろう。

「犠牲となった者への供養と、これまで採掘を許してくれた地の神への感謝を示しているのです」

炬火の投げ入れを、光烈王はそのように表現した。

「幻想的な美しさだな。これを見れば、きっと地神も、嘉《よみ》してくださるに違いない」

最後の炬火が投げ入れられると、周囲は一瞬幽玄《ゆうげん》な闇に包まれた。光の帯が、幻想として珠泉の瞼裏に残っている。訪れた静寂が、閉ざされるであろうこの場所への惜別《せきべつ》と、犠牲となった者への深い哀悼《あいとう》の意を表しているようであった。

珠泉は傍らに立つ光烈王を見た。ぼんやりと影のように見える彼は、谷の方をじっと見据えている。その心に何が去来しているのか。わからないなりに珠泉は、自分に寄せる心を貫こうとして光烈王が払ってきた様々な苦難を思うのだった。

やがて、従者が足許を照らす明かりを灯し、一行は、しずしずと来た道を引き返していった。坑道から出るとそれまでの暗さと打って変わった外の明るさに、珠泉は眸をしばたきながら立ち尽くした。明るすぎて眩しい。

「珠泉？　大丈夫ですか？」

眩しそうに額に手をかざして光を避けた珠泉を見て、光烈王はさりげなく影を作る方に自らの身体を動かした。

ここでも光烈王は優しい。

顔が影になって眩しさが薄らいだ。珠泉は、黒目の大きな瞳を上げて光烈王を見、相手がじっとこちらを見ているのに気がつくと、慌てて俯《うつむ》いた。

どうもいけない。最近光烈王の眼差しを真っ直ぐに受け止められなくなっている。すぐに顔が赤くなるし、胸の鼓動が高まって息さえ苦しくなってしまうのだ。

「大事ない」

そんな狼狽があるから、返事が素っ気なくなってしまった。光烈王がどう受け止めたかと、ますます顔が上げられなくなり、急ぎ足で輿に戻ろうとしたのを止められた。

「できれば最後までご覧ください」

最後って、今の炬火投げ入れで終わりではないのか？　と振り返ると、

「坑道を閉じなければなりません。さもないと盗掘する者が後を絶たないでしょうから」

そのとおりだった。麟鉱石はひとつでも相当な価値がある。ひとの欲望を引きつけて止

まもないだろう。

でもどうやって閉じるのか。疑問を浮かべながら見ていると、光烈王は岩山の頂上を示した。そんなに高くない山であるから、そこでひとが蠢いているのがよく見える。まもなく上から声が上がった。

光烈王は周りの人間に、もう少し下がるように指図する。何が始まるのかと見上げる珠泉の前に、小石がぱらぱらと降ってきた。それから少し大きい石塊が。上からの堆積物で入り口を塞ぐのならば、かなりの量の石塊が必要になるが、と珠泉が思ったときだった。一緒に見上げていた者達の間から、どよめきが上がった。岩山の端に巨大な岩が覗いたのだ。

大勢の人間が押したり引いたりしながら、じりじりと巨石を動かしている。人力でよくも動くものだと感心するような巨石は、まもなく半分ほどが崖から乗り出し、もう一息で落石するところまでやってきた。

一息入れたのか、頭上の人影の動きが止まる。角度や位置などを検討していたのかもしれない。やがて、

「落ちるぞ～」

という警告の声と共に、最後のひと突きが加えられ、巨岩がじわりと縁を越えた。瓦礫

の上を、最初はゆっくり転がっていた岩は、ある地点を過ぎると凄まじい勢いとなり、轟々《ごうごう》たる音を響かせ、周囲の何もかもを道連れにして転がり落ちてきた。そして、耳をつんざくような轟音と共に、坑道の入り口にどっかりと腰を据えた。あとからひしゃげた木や道連れになった大小の岩、瓦礫などが次々に巨岩の周囲を埋めていく。

十分安全な距離を取っていたはずの光烈王たちのところまで、もうもうたる土煙が届いた。光烈王は咄嗟に珠泉を抱え込み、袖で顔を覆って埃《ほこり》を吸い込まないように守った。

ようやく土煙が収まったとき、先ほど通った坑道の入り口は、巨岩や瓦礫で、完全に塞がれていた。

「これでもはや誰ひとり、麟鉱石に手は出せません」

光烈王は珠泉を抱き込んだまま、引き上げの合図を送った。そして、

「足許が危ないですから」

との言い訳と共に、珠泉の身体をひょいと抱き上げてしまったのだ。

「わっ」

ふわりと掬《すく》い上げられて、珠泉は咄嗟に光烈王の首にしがみついた。

「落としはしませんよ」

笑いを含んで言われて、珠泉はこわごわと光烈王を見たが、炯々たる視線に思わず眸を

逸らしてしまう。こんな近くにあの眸があると、心臓が変になる。しがみついたときに光烈王の温もりを感じてしまい、おかしな撥ね方をする自らの心臓に、珠泉は戸惑わされた。

その夜珠泉は、あれこれと身の回りの世話をしていた義丹に、ふと、

「私は、病気かもしれない」

と零していた。たちまち血相《けっそう》を変えた義丹が、薬師を呼びに飛び出そうとするのを慌てて止める。

「苦い薬湯は嫌だ。そんなもので治るとも思えない」

子供のわがままのようなことを言って、義丹を困らせた。

珠泉に宛《あてが》われた宮は、宮殿の中でも南向きにある明るく華やかな殿舎だ。星麗宮《せいれいきゅう》と言って、本来は王太子が住まう宮なのだが、光烈王はそれをそっくり珠泉に明け渡している。しかも光烈王の注意が行き届いているから、身の回りの文机や長椅子、椅子、小物類に至るまで吟味され尽くし、香木を使ったもの、紫檀《したん》や黒檀《こくたん》でできているもの、螺鈿細工や象《ぞう》牙《げ》の彫刻が嵌め込まれたものなど、すべて高価で豪奢な品々が用意されていた。

室内の扉や窓などにも繊細な彫刻が施され、折々の花も珠泉が好みそうな彩りのそれを集めて、毎日生け替えられている。

身の回りの世話は義丹が主に受け持っているが、目立たぬところに多くの侍官《じかん》が控えて

いて、珠泉の世話に遺漏《いろう》がないように務めている。まさに至れり尽くせりで、珠泉は臨陽にいたときよりずっと贅沢《ぜいたく》に暮らしていた。

それらすべてに光烈王の好意をひしひしと感じながら、薄物の夜着をまとって長椅子に腰を下ろした珠泉は、物憂げな吐息をついている。窓から差し込んでくる月の光が、珠泉の顔をほの白く浮かび上がらせた。美しく悩ましげなその風情を光烈王あたりが見たら、たちまち野獣に変身しそうなほど、艶やかな陰影を帯びている。

「珠泉様……」

「臨陽は遠いな」

小さな吐息をつく。義丹の眉が顰められた。故郷を恋しがっていると思ったのだろう。

「宰相様や王珈将軍が、きっとお迎えを寄越してくださいます。もうしばらくのご辛抱《しんぼう》です」

慰めるつもりで言った義丹の言葉は、珠泉の中に狼狽を呼び起こした。

そうだった。自分は攫われてここに来たのだから、いずれは光烈王と別れて帰らなければならないのだ。今頃は臨陽にいる官人たちが何らかの手を打っているだろうし、そうなればその日はさして遠くないことになる。

「光烈は罪に問われるのであろうか」

「当然です。このような悪鬼の所行」

「これが？」

義丹があまりにもきっぱり断言するので、珠泉は手を振って贅沢に整えられた周囲を示した。今着ている夜着ですら、金糸銀糸で丹念に刺繍がほどこされていて、月の光を浴びるときらきらと繊細な輝きを放つのだ。たちまち義丹の勢いが萎んだ。

「けれど、皇帝陛下は、珠泉様を……」

言いにくそうに義丹が告げ、珠泉は表情を暗くした。吐息を零し、そのあとでようやくといったふうに義丹を見上げる。

「義丹、私が具合が悪くなるのは、光烈の側にいるときなのだ。あの眸で見られているとなぜか胸がどきどきするし、顔が赤くなる。逃げ出したいような、でももっと見られていたいような。自分でもわからない」

ゆるゆると首を振った珠泉に、義丹が目を瞠った。珠泉本人は、それが告白に近い言葉だとは夢にも思っていない。ただ、不審に感じた心身の不調を義丹に相談しただけだ。義丹は視線を落とし、何度か言葉を呑み込んだあとで、

「やはり薬師に薬湯を煎じていただいた方がよろしいかと」

かろうじてそう言い逃れた。珠泉に忠実な彼としては、他に答えようがなかったのだ。

「そうか。あの苦い薬湯を飲めば、治るか」

「おそらくは」

義丹は珠泉の言葉に同意してから、

「そろそろお休みになっては。夜風は身体に毒でございます」

と勧めた。

「そうだな」

珠泉は素直に寝台に横たわり、眸を閉じた。義丹は上掛けを掛け、寝台の周りの薄絹を引き回し、珠泉の寝息を確かめてから室を出た。

月光の差し込む廊下を歩きながら、義丹の顔は、苦悩で歪んでいた。


「さて、兄君。これが各国に派遣した者たちからの報告です。色事にうつつを抜かしておられる兄君の代わりに、わたしが手配して探らせました」

「うつつを抜かしてとは心外な。することはちゃんとしているぞ」

受け取りながらも、史扇の指摘にむっとした光烈王は胸を張って主張した。もちろん史扇は冷ややかな眸を向ける。

ここは、光烈王の内輪の執務室がある内廷《ないてい》である。普段の用務はここで行い、王として公に官と政務を執るときは、外廷《がいてい》に出る。

日頃珠泉と出歩いている光烈王は、ここのところ執務が滞《とどこお》り気味であることは間違いない。従って遅れを取り戻すべく、夜遅くまで執務に励んでいるわけだ。

「ちゃんとしていると仰せでしたら、朝廷を開くという知らせに、各国からの反応が鈍《にぶ》いことはどう対処されているのですか？　そもそも朝廷を開く準備も滞っているように思いますが」

皇帝は一国だけの政務を見るのではない。華王朝全体に目を配る必要がある。同時に各国は、皇帝から発せられる命令が自国の不利にならないか、検証する必要があった。従って政務自体は、皇帝と出身国の官吏が取ることになるが、いわば外交官の立場で他国からも使者が派遣されてくる。

光烈王は正卿たちに、朝廷を麟国で開催するという通知を各国に送らせている。史扇が言うのは、その反応が鈍く、いまだに何処の国も大使を送ってきていないということだ。

「まあまあ、将軍。そんなに陛下を責めないでいただきたい」

史扇のあとからやってきて待機していた宰相が、兄弟のやり取りに薄く笑いながら口を挟んできた。宰相は公族で、光烈王の叔父に当たる人物だ。実は、史扇と宰相はあまり相性がよくない。

「そもそも皇帝の政務は文官の仕事で、武官が口を挟むことではありませんぞ。何もしていないと非難されるのでしたら、罪はわたしにもあることになりますが」

たっぷりした腹を揺すりながら、宰相が窘める。

「宰相を非難するつもりはありません。わたしはただ、兄君の……」

「公に、兄弟の誼《よしみ》を持ち出すのもどうかと思いますが」

ことごとく揚げ足を取られ、史扇はむっと口を噤んだ。

史扇をやり込めて満足そうな宰相は、光烈王に向き直った。

「実は聖帝陛下をお慰めするために、ひとつご提案を持って参ったのですが」

「なんだ?」

「諸処にお出かけになりますから、国民も内々では陛下のご来麟を知っています。本来ならば、公式な儀式を設けて慶祝しなければならないのですが、あいにく来麟の経過が経過ですから、それもならず」

「相変わらず、宰相の言は回りくどい。何が言いたいのか簡潔になさった方がよろしいのでは。皇帝陛下は、お忙しい御身ですから」

史扇がさっきの仕返しとばかり口を挟んだ。宰相はぎろりと史扇を睨む。側近の角突き合いにつき合う気分ではなかった光烈王は、双方を窘めた。

「史扇、僭越《せんえつ》だぞ。宰相、提案とはなんだ」

史扇は嫌な顔をし、宰相もむっと顔を顰めたが、気を取り直したように続けた。

「麒麟の祭りを、盛大に開催してはどうでしょうか。もともと国を挙げての祝い事の際の祭りですから、ちょうど時機に叶っております。これなら陛下にも喜んでいただけるでしょうし、国民も祭りにこと寄せて慶賀することができます。もし準備を任せていただけるのであれば、早速に手配いたしますが」

「ああ、それはいいな。宰相に尽力を願おうか」

「承知いたしました」

光烈王の即決を受けて、宰相はなにやらほくほくしたようすで引き揚げていった。

「あれが宰相というんだから、情けない。宰相なら、祭り云々より、臨陽から追討の兵が発していないかどうかを心配すべきでしょうに」

姿が見えなくなると、早速史扇が愚痴《ぐち》った。光烈王は笑いながら窘める。

「まあ、そう言うな。あれで十分使い道はある。華国への備えは俺が手配しているし、ここで下手に宰相に口を挟まれたくない。祭りの準備に奔走《ほんそう》してくれるなら、ちょうどいい

が？」
「準備されているとは初耳です。将軍としてのわたしは、なんの命令も受けておりません
というものだ」
皮肉っぽく言うのは、光烈王の言葉を史扇が信じていないからだ。
「その件はもう少し待て。この報告書を読んで、遺漏がないことを確かめてからおまえに
も話す。よく気がついて手配してくれたな。助かるぞ」
報告書に手を置いて言うと、たちまち史扇の機嫌が直った。
「そう言っていただけるなら」
にこにこと言ったあとで、また眉を顰めた。
「しかしそろそろあの宰相も罷免時ではありませんか？　兄君が外征のとき、鱗鉱石で私
腹を肥やしていたのではないかとわたしは睨んでいるのですが。だから今回の閉山にも、
しつこく反対したのですよ、きっと」
言い出した史扇を、光烈王はしっと叱った。
「証拠もないのに、めったなことは言うな。俺とおまえが外征で不在の間、国内はびくと
もしなかった。それを思えば、多少私腹を肥やすくらい、大目に見てやれ」
「それはこの先も、ですか？」

「鉱山はなくなった。宰相はもう手が届かぬ」

「でもまだ、微々たる産出ですが、継続している鉱山もあります」

「さすがにそちらには旨味《うまみ》はないだろう。これから先は俺も内政に目を向けることができるしな」

　暗に、証拠を捜している、と光烈王は史扇に告げているのだ。

「すみません。余計なことでした」

「いや、俺は本当によい弟を持ったと思っている。おまえがいなければ、覇者の道は開けなかった」

　急に真摯《しんし》な顔で兄に感謝されて、史扇は焦った顔になり、

「目的が聖帝陛下であったと最初から知っていましたら、ここまで協力したかどうかわかりませんが」

　と思わず軽口でかわしてしまった。

「だから言わなかったのだ。俺にだって戦術眼はある」

「……それを戦術眼と言うのですか」

　そう言って史扇が噴き出し、光烈王も楽しそうな笑い声を上げた。

「さて、宰相がどんな企画を上げてくるか、祭りも楽しみだな」

「それは、聖帝陛下をお慰めできるからですね」

「もちろんだ。他に理由があるか?」

堂々と言われて脱力した史扇は、早々に退出していった。

ひとり残った光烈王は、史扇の持参した報告書を読み、これから起こる事態への対応に頭を巡らせていた。

華王朝側は、まだ不気味な沈黙を続けている。おそらく水面下では動いているであろうが、詳細は摑めていない。ただ各国に密使が派遣されたであろうことは間違いない。

光烈王が珠泉の言うがままに国内を巡幸していたのは、彼の存在を隠すつもりがなかったからだ。そうして聖帝の姿を衆目に晒すことで、監禁などしていないこと、最大限の敬意を持って歓待していることを、内外に示し続けていたのだ。

それを華王朝側がどう評価するか。あくまでも聖帝を取り戻そうとするのならば、武力で退けるつもりだった。確かに攫って連れてきたのは短慮《たんりよ》だったろう。そのことでの非難は、甘んじて受けるつもりはあった。しかし、珠泉を返すという選択肢は、光烈王の中には全くなかった。

気の利く侍官がお茶を淹れてきた。一息入れながら、光烈王の思念はすぐさま珠泉の元に飛んでいく。もう寝ただろうか。健やかな眠りが訪れているか、あとでようすを見に行ってはいけないだろうか。

この最近、珠泉の気持ちがこちらに向きかけていると思うのは、勘違いではないだろう。一度抱いた甘美な記憶があるから、珠泉の側にいれば、欲しいという気持ちはとても強くなる。本人を目の前にして、あらぬ妄想《もうそう》で昂りかけたときも何度もあった。それを押さえつけたままでいるためには、相当な我慢を強いられることになるのだが、それでも珠泉の側にいたい気持ちの方が強い。

ときにはさりげなく手を握ったり、お疲れでしょうと抱き上げて運んだり、接触できる機会はできるだけ利用している。そのささやかな触れ合いで至福の気持ちにもなれる自分は、

「なかなか健気《けなげ》ではないか」

と自賛する。珠泉が無防備だから付け込む隙はどこにでもあって、それが可愛くもあり、これまでよくも無事だったと、神に感謝したくもなる。

麒麟の祭りは、王宮内の廟《びょう》から神輿《みこし》に大麒麟の御霊を移し、宮城を出発して都邑内を練

り歩くというものだ。都邑の各所にも子麒麟廟があり、庶人たちも子麒麟を神輿に祭って付き従う。国王の戴冠や、太子の生誕など国家的な慶祝行事につきものの祭りだった。

いよいよ祭りの当日。大麒麟が廟から神輿に移る神前儀式が行われ、麒麟の装束をまとった舞人や楽人たちに守られた神輿は、宮城内を一周して外へ出て行った。神輿が繰り出す大門周辺は、神輿をひと目見ようと集まった群衆で立錐《りっすい》の余地もないほど埋まっている。

その中を、要所、要所で止まっては、雅楽と舞いでその場を清め、大麒麟の神輿はゆっくりと御旅所に向かっていく。御旅所には都邑内を練り歩いた子麒麟の神輿も集合し、全部の輿が集まったところで、盛大に管弦が奏でられることになっていた。

御旅所に隣接して急遽設けられた楼台《ろうだい》で、珠泉たちはそのようすを見る手筈だ。

神前儀式を宮城内で終えたあと、練り歩く神輿に先立って楼台に到着した珠泉は、光烈王に案内されながら、わくわくしたようすで、眼下の喧噪《けんそう》を眺めていた。

「光烈、あれはなんだ」

とか、

「子麒麟の神輿はまだ遠いな」

とか、弾んだ声で好奇心の赴くままに光烈王に話しかけている。

神輿を見ようとする群衆より、聖帝の御幸を見ようと楼台下に押し寄せる群衆の方が多いので、そんな珠泉の清らかな麗顔が楼台に現れると、ひときわ大きな歓声が沸く。

「光烈、あれは私を歓迎しているのか、それとも嫌悪しているのか」

わあわあ言う声ばかりで内容が聞き取れなかった珠泉が尋ねると、

「もちろん、大歓迎しておりますよ。手を振ってごらんなさい。わかりますから」

光烈王ににっこり笑って促され、珠泉はおずおずと遠慮がちに右手を振ってみた。とたんにどよめきのような歓声が沸く。一瞬びくっとした珠泉も、その中に「聖帝万歳」と「皇帝万歳」との声を聞き取って、今度は安心して笑みを浮かべながら手を振った。すると前にも増して大きな歓声が上がり、珠泉は楽しそうに何度も手を振り、彼らに応えた。

楼台からは、こちらに近づく神輿の動きもよく見える。

「大麒麟の神輿が見えてきましたよ」

光烈王に促され、珠泉は道の彼方に視線を向けた。神輿の天辺につけられた玉が、日の光を浴びてきらきら輝いているのが見えた。

「あの玉は、もしかしてこれか？」

珠泉が今日も耳につけている、光烈王から送られた麟鉱石を示した。

「そうです。麟鉱石は、麒麟の涙から生じたという伝説があります。ですからこれまでに採掘した中で最大のものが、神輿に捧げられているのです」

「そうなのか」

ここからでも見えるのであるから、さぞ大きなものなのだろうと珠泉は感心する。

「神輿の到着まで、もうしばらくかかりそうですね。少しお休みになりますか？」

見える距離にいても、雅楽を舞いながら近づいてくるので、神輿が御旅所に到着するまでまだ時間が掛かるとみて光烈王が珠泉を気遣った。

「いや、見ていたい」

子麒麟の神輿が賑やかに奏している雅曲が聞こえてくる。とても座っている気分ではない。

「では、下の宴席の支度を見て参りますから、少し失礼してもよろしいですか？」

光烈王の言葉にも、珠泉は目の前の楽しみに夢中になっている子供のように、振り向きもせずうんと頷いた。光烈王は苦笑しながら義丹を呼び寄せ、後を任せて楼台を下りていった。

楼台の手すりから乗り出すように見つめていた珠泉は、なかなか近づいてこない大麒麟の神輿に少々焦《じ》れてきた。眸を四方に向けると、子麒麟たちの神輿も先ほど見た位置から、遅々として進んでいない。群衆に阻まれて進行が止まったり、または途中で停止して雅楽を舞ったりしているせいだ。

すっかり退屈してしまった珠泉は、ようやく背後を振り向いた。光烈王に話しかけるつもりだったが、そこには硬い表情で義丹が控えているばかり。

「光烈は？」

首を傾げて聞いた珠泉に、義丹は、

「宴席の手筈を整えに行くと言われて」

「宴席の？」

思わず訝ったのは、それは皇帝の仕事ではないだろうと思ったからだ。きっと何かほかのことをしに行ったのだ、自分に内緒で。そんなふうに考えると、なんだか不愉快になった。言われたそのときに聞き質《ただ》せばよかった、私を騙《だま》すな、と。

勝手に怒ってぷんぷんしながら、義丹が入れたお茶を啜り、甘いお菓子を摘んでいると、

「珠泉様」

思い詰めたような声で義丹が声をかけた。

「どうした？」

「何がありましても、きっとわたしがお守りいたします」

急にそんなことを言い出す義丹を、珠泉はわけがわからずに見つめた。顔は青ざめ、眸は必死で、身を乗り出さんばかりにしている。義丹をこんな行動に駆り立てる何かがあっ

たに違いない。

なんだろう、と疑問は残しながら、彼の忠誠はにこりと笑って受け入れた。自分より小柄な彼を、自分こそが庇《かば》ってやらなければと思いながらも。

「よろしく頼む」

「はい」

義丹は誠心を顔いっぱいに表して強く頷いた。懸命にこちらを見るようすに、何がそんなに不安なのだと、聞いてみようかと口を開きかけたときだった。

わっと言うどよめきと、そして悲鳴が聞こえた。それが「皇帝陛下」とも聞こえたので、珠泉は跳び上がって楼台の手すりに走り寄った。

「な……、光烈」

詰めかけた群衆を蹴散らすように、光烈王が馬を走らせている。

「危ないっ」

珠泉が思わず悲鳴を上げたように、群衆の中からも声が上がっている。逃げまどう人々を蹄《ひづめ》にかけなければ、通り抜けられる隙間などないのだ。

「なんということを。光烈王はひとの命をなんと思って。止めさせなければ」

あまりの非道に、珠泉がわなわなと震える。身を翻して楼台から駆け下りようとしたのを、義丹が止めた。

「珠泉様。あれを」

義丹が示したのは、子麒麟の神輿のひとつだ。神輿がどうした弾みか傾き、輿の屋根に立っている長矛が、折れて民家の二階に突き刺さっている。そしてよほど運が悪かったのか、その矛に子供が服を引っかけられて宙吊りになっているのだ。そのままでは矛も子供の重量を支えきれず、布が破れると路上に叩きつけられてしまうだろう。

祭りに集まった群衆があまりに多く、子供の危難に気がついているのはその周辺のわずかな人たちのみ。見上げて指さしながら、手をこまねいている。

光烈王が目指しているのは、その子供だった。群衆を蹴散らしていると見えたのも、よく見ると巧《たく》みに馬を御している。危ないと何度もこちらに息を呑ませながら、無事に手綱を捌《さば》いて事なきを得、そして、皇帝が馬で走っているという知らせが口づてに伝わると、行く手にわずかだが道が開いた。

光烈王はまっしぐらにその隙間を駆け抜ける。

「すごい……」

唖然として見ている珠泉の目の前で、光烈王はかろうじて子供が落ちる寸前にその場所に辿り着いた。彼が馬を停止させ、腕を広げた途端に子供が落ちてきたのだから、まさに危機一髪ではあっただろう。

一部始終を見ていた周囲から、期せずして拍手が湧き、感動の渦《うず》が広がっていく。皇帝のあとから駆けつけた歩兵たちが群衆を整理し、子麒麟の神輿を助け起こし、落ちた矛をもう一度嵌め込んだ。その間に、自然に左右に開いた帰路を、光烈王が子供を抱えたまま戻ってくる。

楼台までの半分を進んだとき、群衆の中から女がひとり飛び出してきた。どうやら子供の母親らしい。光烈王は何かを言いながら屈み込んで女の手に子供を渡し、あとは軽快に馬を走らせて帰ってきた。

珠泉は楼台を駆け下りていた。階下では宴席の支度が進んでいて、突然姿を見せた珠泉に皆が次々に頭を下げていくが、当然ながら珠泉には見えていない。脇目もふらずに楼台の式台まで駆け寄った。ちょうど光烈王が汗を拭いながら、入ってくる。

「光烈！」

感激のあまり、珠泉は後先も見ず、光烈王に飛びついた。

「見ていたぞ。よく致した。見事であった」

賞賛《しょうさん》の言葉が次々に珠泉の唇を突いて出る。きらきらと目を輝かせ、頬を紅潮させて、憧《あこが》れの眸で光烈王を見る珠泉の姿は、周囲にいた女官や侍官たちの微笑みを誘った。

飛びつかれて、その勢いにたじたじとなりながら、光烈王はしっかりと珠泉を受け止め、

「上に上がりましょう」

と促した。こんな無邪気《むじゃき》に懐いてくる珠泉を人目に触れさせるのはもったいないと、独占欲が言わせた言葉だ。そんなこととも知らず、珠泉は強く頷くと、光烈王の手を引っ張りながら楼台の階段を上がった。

腕を引かれてついていく光烈王に、侍官のひとりが近づいてそっと耳打ちする。光烈王が立ち止まったので、珠泉は「何をしている」と無理やり腕を引いた。

光烈王は苦笑しながら侍官に指示を与え、あとは引かれるままに台上に上がった。

「まもなく宴の支度も調《ととの》います。大麒麟、子麒麟も到着するでしょう」

言っている途中で光烈王は、とんとんと床を叩いて「ここへ座れ」と促す珠泉の言葉のままに腰を下ろした。膝が触れるほど近くに自分も座った珠泉は、彼の両手を取ってしきりに振りながら、

「素晴らしかった、立派だった」

と何度も繰り返し、子供を助けた光烈王の咄嗟の判断や、馬を操る巧みさを心から賞賛した。光烈王を褒めることに夢中になっていた珠泉は、相手がじりじりと自分を引き寄せているのに全く気がつかないでいる。

「光烈、私も馬術を習いたい」

あげくに夢見るような表情で、そんなことまで言い出した。光烈王は、珠泉の白魚のような手を持ち上げてまじまじと見つめ、

「このたおやかな手に、手綱は無粋《ぶすい》です。馬にお乗りになりたければ、わたしがお乗せしましょう」

と言った。途端に、

「そなたは私を女扱いするのか」

自分が先ほどの光烈王のように颯爽と馬に跨る勇姿を脳裏に描いていた珠泉は、その意図を挫《くじ》かれてぷんとむくれた。

「とんでもありません。わかりました。珠泉に相応しい馬を捜させましょう。ただそれまでは、わたしがお乗せすることをお許しいただきたい」

「相乗り、ということか？」

「はい。さすがに初めからおひとりで乗られるのは危険ですから」

「わかった。任せる」

素直に頷いた珠泉の身体が次の瞬間ふわりと浮き、光烈王の膝の上に乗せられた。

「うわ……っ、光烈、ちょ……、何をする……、んっ」

慌てて逃れようと身動ぐのを、横抱きにぎゅっと抱き締められて、素早く口づけを奪われてしまう。

「……んんっ」

嫌だと首を振り、光烈王の胸に手を当てて押しやると、押されるままに唇も身体も離れていく。

「ぁ……」

途切れた口づけに無意識に未練がましい声が出てしまい、焦った珠泉はことさらに唇をごしごしと袖で拭った。その動揺振りを、光烈王がじっと見つめている。

「こ、このようなこと、してはならぬ」

眸を合わせることを避け、うろうろと視線を彷徨わせながら抗議する珠泉を、光烈王が両手で頬を捉えるようにして覗き込んだ。眸が合うと、相手の高い熱に煽られたように珠泉が赤くなる。

「口説かせていただきました」

狼狽する珠泉にたいしてしらっと言ってのけた光烈王は、涼しい顔で珠泉を見下ろしている。珠泉は赤くなった顔で光烈王を睨むが迫力も何もなく、愛しそうに微笑まれて、さらに赤くなった。

居たたまれなくてもじもじとしていた珠泉は、光烈王が意味ありげに視線を落とすのに、まだその膝の上にいたことに気がついて、慌てて立ち上がった。

「ぁ……その。……や、つまり、私を口説くな」

「すでに許可はいただいておりますが？」

動揺して裏返った声で光烈王を詰ったあとは、静かに見上げる相手の視線に囚われて途方に暮れた。じわじわと光烈王の発する熱が移ってくる気がする。

立ち尽くしていると、まるでそれを助けるかのように、

「お支度が調いましてございます」

と侍官の声が聞こえ、珠泉は救われた顔になった。

「こ、光烈、行くぞ」

顔を見ないようにしながら、ばたばたと階下に降りていく。ゆったりと立ち上がった光烈王は、珠泉の慌て振りに目を細め口許を綻《ほころ》ばせながら、後ろからついていった。

上座に御簾《みす》が下ろされ、珠泉の席ができていた。先ほど飛び出して行ったので、皆が聖帝の姿を目撃してしまったわけだが、本来珠泉はこうして他とは隔てられた場所で崇められる存在なのだ。

一段高い場所に腰を下ろした珠泉は、しばらくこういう雰囲気を忘れていた、と吐息を

漏らした。光烈王がずっと側にいて、近しく侍っていたからだと思い当たる。彼の傍らで、ごく自然に周辺にいる者たちと言葉も交わしたし。改めてこの境遇に戻ると、御簾越しの眺めはもどかしく感じられた。左右に並んでいる光烈王の近臣たちの顔もはっきり見えない。

赤くなっていた顔もようやく落ち着きを取り戻し、どきどきと高鳴っていた胸も収まりをみせている。珠泉は少し離れて座る光烈王をちらりと見た。彼ならばきっと反対はすまい。そう思うと、無意識に言葉が飛び出していた。

「御簾を上げよ」

「珠泉……。子麒麟を奉じた庶人たちも、この場には入ってきますぞ。よろしいのですか?」

光烈王が振り向いて確認するのを、

「よい」

と再度促した。光烈王はやや躊躇いを見せ、側に控えていた義丹が、「いけません」と蒼白になって呟いたが、結局御簾はするすると上げられていった。綺羅に身を飾り、金の歩揺をつけた冠姿の珠泉の姿が、露わになる。美しいその姿に見惚れるものが続出し、光烈王は苦い笑みを浮かべた。

祭りの宰領をしていた宰相も、神輿の到着を告げに来て、御簾が巻き上げられていることに仰天している。

陪臣どころか、これから庭には芸人や、庶人など、位のない賤《いや》しい身分の者たちが入り込んで来るのだ。どんな失礼な振る舞いがあるかしれない。高貴な御方が食べたり飲んだりしている姿を庶人があからさまに見つめるだけでも、不敬と言われる時代だ。

「へ、陛下。よろしいのですか」

宰相が慌てたように確認するのを、光烈王は、

「よいと聖帝陛下がおっしゃったのだ」

と退けた。その一瞬、宰相はなんとも言えない奇妙な顔になったが、光烈王の注意が向く前にさっとそれを消し、あたふたと神輿を出迎えに出て行った。

料理や酒、飲み物などが次々に運び込まれ、すでに談笑が始まっていた。

庭は御旅所と地続きになっていて、広く開放されている。中央には舞台が設けられ、神輿のための旅台は、左右に分けて取られていた。

賑やかな舞曲の音と共に、大麒麟の神輿がまず姿を見せた。

まずは中央で一回りして、舞人たちが優美な手つきを見せる。舞い終わると右手の一番大きな旅台に神輿がそっと下ろされた。担《かつ》ぎ手たちが、やれやれとばかり腰を伸ばす。それを、楽人たちがしっと制した。こそっと教えられて、全員が驚愕したように貴人の居並

ぶ席を見る。

こちらはまだ宮廷に仕える侍官たちだったが、それでも隔てもなしに高貴な地位にある方々を直視したことなどない。

彼らの眸は、真っ直ぐに聖帝の端座《たんざ》する姿に引き寄せられた。期せずして感嘆の声が上がり、間近で珠泉を見た感激で、「寿命が延びた」と囁き合うのだった。

続く子麒麟の神輿に付き添ってきた担ぎ人と舞い手、楽人たちは、全くの庶人である。大麒麟を取り巻いていた侍官たちよりもっと、感激の度合いは大きい。中には聖帝と皇帝の並んだ姿を見るだけで涙を零すものもいた。

麒麟の神輿がすべて揃い、神輿の舞いが終わると、彼らも輿の脇に敷かれた筵《むしろ》に座って見物人になる。膳も運ばれてしばしの休息である。

舞台で出し物が始まった。宰相が選りすぐった芸人たちが、手練の舞いを見せ、伶人《れいじん》たちが軽やかな曲を奏で、祭りをいやが上にも盛り上げていく。

楼台と御旅所を取り巻く外でも、賑やかに祭りを楽しんでいる声が上がっていた。辻々で見せ物があり、露店も出て、人混みで賑わっているのだ。

珠泉は、大好きになった酒をちびちびと舐めながら、料理にも手を伸ばし、光烈王と語り合いながら、また出し物も楽しんでいた。

舞台には、数人の剣舞の舞い手が上がっている。きらりきらりと剣を翻して舞う様は、勇壮《ゆうそう》で見応えがあった。ひととおり舞い終わると、その中のひとりが、

「恐れながら」

と声を上げた。無礼な、という声が上がらなかったのは、祭りで雰囲気が和らいでいたからだろう。群舞を舞台下に入れたいという願いは叶えられた。

許しを得て、左右から両手に剣を持った舞人たちが舞台下に集まった。舞台上では、先ほどの舞い手が、今度は太鼓の音で足を踏み鳴らし始めている。

舞台上と下と、息のあった踊りが繰り広げられた。群舞の方は、宴席のすぐ近くで舞っていて、見ている方は迫力に息を呑んだ。

きらりきらりと舞い手の手が翻るたびに刃が光を弾く。

ずっと見惚れていた珠泉が、何気なく視線を逸らしたのは、傍らに座る光烈王が、腰の剣に手を置いたからだった。このような場で無粋な、と眉を顰めたときだった。

目の端をぎらりと白刃《はくじん》が掠めた。

光烈王が片膝を立て、その白刃を叩き落とす。同時に、奥に控えていた義丹が飛び出してきて、珠泉を引き倒すようにして上から覆い被さった。

珠泉は何が何やらわからない。義丹の下で、闇雲にもがいている間にも、金属がぶつか

り合う耳障《みみざわ》りな音が何度も耳に届き、悲鳴や怒号が間断なく上がった。

「……光烈、光、烈」

光烈王が狙われているのだ、と閃いた途端、思いもかけない力が湧いた。覆い被さっていた義丹を撥ね除け、身体を起こしたのだ。

「珠泉、伏せて！」

光烈王は殺到する白刃をことごとく振り払い、防ぎながら、珠泉が義丹を撥ね除けた動きも眸に入れていた。起き上がってこちらに来ようとするのを制する。が、注意が珠泉に逸れたぶん、わずかに隙ができた。

暗殺剣を指図していた首魁《しゅかい》はそれを見逃さず、自ら剣をかざして襲いかかった。光烈王を守る兵たちは、それぞれの相手と切り結んでおり、咄嗟に間に合わない。鋭い切っ先を、かろうじて光烈王は避けたものの、その代わり手にしていた剣を叩き落とされた。

次は刃が身体に突き刺さるかと思ったとき、

「ならぬ！」

と珠泉が光烈王の前に両手を広げて立ちはだかった。

「珠泉！　危ないっ」

「聖帝陛下……、なぜ、お庇いになる……」

暗殺剣の主は唖然として呟き、剣先が鈍った。その隙に光烈王は落とした剣を素早く拾い、珠泉の腕を引いて背後に庇った。

好機は去ったと見て取った暗殺者たちは、首魁の合図で引き揚げに掛かった。剣戟《けんげき》の音は次第に遠ざかっていき、やがてあたりに静寂が戻ってきた。

珠泉を背後に庇いながら油断なくあたりの気配を窺っていた光烈王は、

「賊はことごとく滅《めっ》しました」

という報告にほっと愁眉を開いた。

怯えながらも、寄り添い合って健気に麒麟の神輿を守ろうとした庶人もいれば、宴席に侍っていた貴顕の中には見苦しく逃げまどったものもいる。そして……。

光烈王は剣を納めると、背後に庇った珠泉を振り向き、恭しく拝礼した。

「危ういところを救っていただきました。ありがとうございます。あなたはわたしの命の恩人です」

まさか珠泉が、自分の身体で庇ってくれるとは思いもよらず、感動でその声もわずかに震えていた。百万の言葉を紡《つむ》がれるより、咄嗟の行動の方がそのひとの真意を表しているものだ。光烈王はこのとき珠泉の好意を確信したと言っていい。しかし、珠泉は。

「珠泉？」

再度声を掛けても、呆然としている。衝撃が大きくて、心身とも痺れたようになっているのだ。光烈王が義丹を呼んで珠泉を見ているよう言いつける。義丹は珠泉を気遣いながら、御簾の奥に誘った。まるで操り人形のように、珠泉はされるままになっている。崩れるように着座すると、御簾がするすると下ろされ、外部と遮断された空間になった。珠泉は気を失っていたわけではない。周囲のようすも声も、ちゃんと認識していた。ただ、それに反応すべき心身の機能が、一時的に働かなくなっていたのだ。

義丹が薬湯を持ってきて差し出してくれるのも見えてはいたが、手を出して受け取るという簡単な動作ができない。「恐れながら」と恐懼《きょうく》しながらも義丹が口許に器を寄せてくれたことで、ようやく飲み干すことができた。

温かい液体が喉を伝い臓腑《ぞうふ》に染みて、ようやく珠泉は大きく息をついた。

「もう一杯」

掠れてはいたが声を発することもできた。義丹はそれを聞いてほっとしたように立ち上がり、「ただ今すぐに」と飛び出していった。

珠泉はじっと自分の両手を見る。まだ小刻みに震えていた。光烈王が殺される、と思ったとき、咄嗟に身体が動いていたのだ。なぜ……。

珠泉は軽く頭を振った。

訝しい義丹の行動もあった。おそらく彼は、事前に何か知らされていたに違いない。つまりあの暗殺者は、華王朝が放ったことになる。だからこそ、首謀者の男が「なぜ、お庇いになる」と問うたのだろう。

男の疑問も当然だ。自分だってどうして光烈王を庇ったのか、見当もつかない。臨陽から誘拐し、あまつさえこの身を汚し、屈辱を与えた男なのに。

けれどそれ以来、まめまめしく仕えてくれている。自分にとっては、臨陽よりここの方がのびのびでき、居心地がいい。様々な事象に触れて、ひっきりなしに心を揺さぶられ笑っていたようにも思う。それだけ光烈王の配慮が、珠泉を中心に据えて行き届いているからなのだろう。それに絆《ほだ》されたのだとは思いたくないが。

ただ、死なせたくなかった。

光烈王の身体に刃が突き刺さり、倒れ伏すところなど見たくない。あの逞しい身体から命の脈動が消え、動かなくなる、なんて。想像しただけで全身が凍《こお》りつく思いがする。

義丹が薬湯を持って帰ってきた。

「薬師をお呼びしましょうか？」

近くで控えていると言われたが、

「いや、いい。だいぶ落ち着いた」

と首を振った。薬湯を受け取ってゆっくりと啜る。聞くともなく周囲の騒ぎは耳に入ってきた。宴席は女官や侍官たちの手で片づけの最中である。麒麟たちの神輿は、浄《きよ》めの神事を行ってから還御の途についた。騒ぎは外にも伝わったようであったが、迅速な処理で庶人の動揺が抑えられたせいか、祭りの熱気はまだ継続している。

その代わりこちら側では、お祭り気分は完全に消え失せ、高官たちが走り回り、庭先に集まった武官たちの報告を、光烈王が直接聞き取っている。

史扇の声も聞こえた。高官の誰かを捕らえた、と言っているようだ。裏切り者がいたのだろう。当然だ。祭りにこと寄せて、舞人に暗殺者を紛《まぎ》れ込ませるには、相当位の上の者が関与していないとできない。それくらいは、疎《うと》い珠泉にもわかる。

驚いたのは、光烈王たちが事前にこの事態を予想して対策を立てていた事だ。聞きながら珠泉は、薬湯を飲むことも忘れ、眸を瞠っていた。

祭りを理由に都邑に大勢の庶人を集めたのは、実は戦支度なのだという。暗殺が失敗すれば次は華王朝の兵が攻めてくると予想し、武器を持たぬ彼らが被害に遭わぬよう、都邑の隔壁内に収容したわけだ。国内の各邑にもすでに使者が走り、邑はどこも硬く門を閉ざしているらしい。ただし、攻められたら抵抗せずに門を開いて退去せよとも命令されているようだ。

それらすべてをてきぱきと指図している光烈王は、珠泉の前にいる彼とは別人だった。自分の知る光烈王は、ひたすら優しくて、痒いところにも手が届くような傅《かしず》き方をしてくれて、なんでも望みを叶えてくれる。いつも穏やかで甘い。

しかし今、指図を与え、報告を聞いている光烈王の声は、秋霜《しゅうそう》のごとく厳しい。さらに反対の声を圧するときは、裂帛《れっぱく》の気合いがこもっている。裏切りに連座した者は、ことごとく捕らえよ、という命令は峻烈《しゅんれつ》で、聞いているだけの珠泉も恐怖するほどだ。

光烈王は覇者であり、余国を膝下に従えて皇帝となった男だった、と珠泉は改めて意識させられた。

「珠泉様」

声をかけられて、気もそぞろでいたせいで、薬湯の器が手からずり落ちかけていたことに気がつく。苦笑しながらいったんそれを置き、傍らに控えている義丹を見た。

彼もここで一緒に光烈王や側近たちの動きを見聞きしている。顔色はずっと青ざめたままで、膝に置いた手も白くなるほど握り締められていた。

「義丹は知っていたのだな」

咎める気配を覗かせないよう、極力穏やかに問いかけた。義丹ははっと顔を上げ、それからその場に頭を擦りつけるようにして謝った。

「申し訳ございません」

「命じたのは王珈か？」

「はい」

「暗殺などという卑劣な仕掛け、王珈のすることとも思えぬ」

「将軍は、珠泉様の安全確保を第一に考えられたのです。そのためなら、どんな卑怯なことも行うし誹《そし》りも一身に受けようと」

「そのわりには、白刃は私にも迫ったが」

「それは、珠泉様が御簾をお上げになったから……」

暗殺者たちの第一の誤算は、珠泉が御簾を上げて、光烈王を側近くに寄せていたことだ。それで投剣の技が使えなくなった。珠泉に万一があってはと憚ったせいで。そして第二の誤算は、珠泉自ら光烈王を庇ったこと。これで練り上げた暗殺計画は台無しになった。

「珠泉様は、臨陽にお帰りになりたくないのですか？」

思い詰めた顔で義丹に聞かれ、珠泉は言葉に詰まった。帰りたい、と言い切れない自分の心情があり、救い出そうと懸命になってくれている華王朝の要人たちに申し訳なく思う。

「義丹、私は臨陽では人形のようであった。周囲の言うままに動き、自らの意志はなく。崇められてはいたが、私の言葉は何一つ考慮されなかった。だがここでは、血の通った人間でいられる」

ぽつりと呟くと、義丹はそれ以上何も言えなくなって、項垂《うなだ》れた。

「光烈は、そなたを許すだろうか」

相手からすれば、暗殺の謀略を知りながら黙っていた義丹は、間諜《かんちょう》と言われても仕方がない。なんとか庇ってやりたい、と珠泉が思っているとき、御簾の前に端座する人影があった。

「御簾をお上げしてもよろしいでしょうか」

光烈王の声だ。

「かまわぬ、上げよ」

珠泉の許しを得て、御簾がするすると上がっていく。まだ多少青ざめてはいるが、しっかりした眼差しでこちらを見る珠泉に、光烈王もほっとした表情を見せた。

「大変お騒がせし、申し訳ございませんでした。賊はすべて誅《ちゅう》し、我が王家の獅子身中の虫も逮捕いたしました。騒ぎはこれにて落着でございます」

「誰なのだ？　そなたを裏切ったのは」

「宰相を務める我が叔父でございました。もともと国庫から横領《おうりょう》した疑いがあって内偵していたのですが、追い詰められてこのような計画に走ったものと思われます」

光烈王は、それらの後ろに華王朝がいるとは言わない。珠泉は複雑な気持ちになった。

「華王朝が、大将軍の名で、諸国に徴兵令を発したそうだな」

「そのようで。まもなく最初の一隊が偵察に出向いてくることでしょう」

光烈王はよそ事のように平然と答える。

「その次は一師（二千五百人）そして一軍（一万二千五百人）。各国が軍を寄せてくれば、この都邑は十重二十重に囲まれることになる。一国のみの対処では、勝利など覚束《おぼつか》ない。戦うのは空しいと思わぬか。私を帰せば、事は収まるのに」

「ここでお帰しするほどなら、最初から攫ったりいたしません。それに、一国での勝利は覚束ない、とおっしゃいますが、わたしが皇帝宣下を受けたのは、その一国で余国を押さえたからなのですよ。お忘れですか？」

「勝つ自信があると？」

半信半疑で聞いたのに、光烈王はその問いににっこり笑った。

「お任せくださいませ」

「……その答えを喜んでいいのか、悲しんでいいのか。たとえばわたしが宰相や王珈に文を書いて、ここにいたいのだ、軍を寄せるな、と命じれば、いくさは避けられるのではないか？」

「まこと、珠泉がここにいたいと思し召しであれば、この光烈、飛び上がって喜びますが?」

「あ、いや、その。あくまでもたとえだ」

いたい、と言い切ることもできなくて珠泉が言葉を濁すと、光烈王はそれを咎めるでもなく静かに頷いた。

「ありがたい申し出ですが、たとえ、珠泉がその文を送られても、自発的に書いたと彼らは信じましょうか。撤退の条件は、あなたの臨陽への帰還だと言って寄越すのが関の山です。そして臨陽で改めて協議しましょうと甘言を言い、けれどそうなってから、果たして彼らはあなたを臨陽から出しますか? とうてい受け入れられない条件を聞くための手紙など、書くだけ無駄でございましょう」

そう言われると言葉に詰まる。臨陽の高官たちは、きっとそうするだろうとわかるから。光烈王に、帰さない、と言われることには、心震える悦びを覚えるが、そのために戦いが起こるのかと思うと、辛い気持ちになる。

「聖帝の令旨なら、それなりの力は発するぞ」

珠泉が書き付けに軍を引けと書けば、華王朝の軍はともかく、諸国の軍には動揺が走るだろう。戦いを避けるためには、と提案してみる。

「あなたを利用するつもりはありません。わたしが珠泉をここにお連れしたのは、ただ側にいてほしいからです。あなたはあくまでも至尊のお立場にいらっしゃればよいのです。争いごとで御心を煩《わずら》わせることなどありません」

「しかし、光烈は私のためにこのような羽目に陥ったのであろう。煩うなと言われても。それにこの争いで、犠牲が出るのも嫌だ」

「珠泉……」

光烈王は眉宇を寄せた。武器を交える場で、死者を出すなと言う方が無理なことだ。しかし光烈王は頷いた。

「絶対、というお約束まではできかねますが、できる限り犠牲を出さぬよう努力いたします。ところで、その無理な御命令を遂行しようとするわたしに、ご褒美はいただけるので？」

「褒美？」

突然そんなことを言われて首を傾げる珠泉に、光烈王はずいと膝を進め、そろりと両手を差し出した。

「なんだ？」

「この腕にその身を預けてくださることこそ、我が至福」

「ば、馬鹿！」

珠泉は飛び上がった。言うに事欠いて、なんということを。こちらは真剣に案じて心を悩ませているのに。

「馬鹿、とは心外な。わたしの心には、過去も現在も未来も、その一事しかありませんものを」

顔を真っ赤に憤慨《ふんがい》している珠泉を、その姿も愛おしい、と見ているらしい光烈王に、怒りも持続するはずがない。

「そなたは、馬鹿だ」

もう一度ぽつりと呟いた珠泉の言葉には誹る気配はなく、柔らかな睦言のように響いた。光烈王は珠泉から、傍らにいる義丹に眸を向けた。雰囲気が一変し、眉間にきりりと青筋が立つ。

「義丹、そなたが主のためにことを起こそうとする限り、俺はその罪は問わぬ。しかし万一、珠泉の身に毛一筋ほどの怪我でも負わせたら、地の果てまでも追って誅滅《ちゅうめつ》する。一心に主に仕えよ」

厳しい言葉だった。義丹ははっと顔を上げ、猛禽《もうきん》のような鋭い視線に晒されて、力無く項垂れた。

「光烈……」

義丹を許す気だと知り、珠泉はほっとした。それにしても、先を見通してひとつひとつ手を打つさまは、まるで神慮《しんりょ》の持ち主のようだ。彼なら本当に、華王朝と各国の兵を前にしても、びくともしないのではないかと思われる。

その後、珠泉を守った一行は粛々《しゅくしゅく》と宮城内に引き揚げた。


暗殺の失敗を知った華王朝側は、ついに徴兵令で集めた軍を麟国に派遣し始めた。おびただしい軍旅がぞくぞくと国境を侵して入り込み、途中の抵抗がないまま無人の荒野を行くがごとく、都邑までひたひたと寄せてきた。

「防壁に泥を塗れ。近くに水桶を置いて、乾かぬように一定の時間で水を撒け」

「矢を調えよ。弓の弦を張り替えよ」

「収穫を急げ。すべて宮城に運び込むのだ」

「井戸を掘れ」

伝令が種々の指令を持って都邑内を走る。収容された庶人は、戦が始まるまでは協力を求められ、様々な雑用に従事していた。彼らは誰ひとり、皇帝が破れるとは思ってもいない。兵も意気軒昂《いきけんこう》な姿で駆け回っていた。

高楼のひとつから、珠泉は不思議な気分で都邑の動きを眺めている。城壁の外には、各国の軍が次々に陣を張っていた。それらは城壁に上がれば、誰でも見ることができる。

「なのにどうして、怯えたり逃げたりせず、普通に生活できるのだろう。戦いが怖くないのだろうか」

最初にやってきたのは、麟国の隣の翠国と華王朝の正規軍だった。当然指揮官は、大将軍位にある王珈。一糸乱れぬ軍旅で整然とした陣を構えた。塹壕《ざんごう》を掘り、その土を高く盛って防壁とする。毎日たゆまず工兵が働いて、塹壕は深く、防壁は高くなっていく。

諸国軍も到着すると、先着の軍に習い、防壁を築き始める。

都邑は背後に険《けわ》しい岩山を背負い、前面には河川から引き込んだ水堀を要害として設置している。守るに易く攻めるに難しい都邑である。

諸国軍は半円状に陣を敷き、次第にその隙間が埋まっていく。全軍が到着したら、都邑は完全に囲まれてしまうだろう。

「これでどうやって、各国軍を退けるつもりなのか」

光烈王はいかにも自信ありげに言っていたが、現実を見せつけられている珠泉には、その自信を信じていいのかどうかわからなくなっていた。

「あそこに王珈将軍がおられます」

傍らから、義丹が本陣の旗を指さした。

「義丹は王珈を知っているのか」

何気なく尋ねると、義丹ははっと身体を硬くした。

「一度だけ、直接にお言葉をかけていただいたことがございます」

他意なく聞いたことだったので、珠泉がそれ以上追究しないでいると、やがて義丹の身体から力が抜けた。責められるとでも思ったのかもしれない。

光烈王に脅されて以来、義丹はおとなしくしている。華王朝側から新たな接触もなかったようで、珠泉の身の回りを整えるのに、誠心誠意尽くしている。

都邑の外で栽培されていた作物はすでに宮城内に納められ、都邑内で育っている作物はもう少しようすを見るようにとの触れが回っている。食糧の備蓄は三年はあるともっぱらの噂だった。門を固く守って中にこもっている限り、この都邑は落ちない。

光烈王は忙しいはずなのに、朝、珠泉の室に挨拶に来ると、楽しそうに四方山《よもやま》の話をしていく。午後近くまでいて、やむを得ず迎えに来る史扇に、しぶしぶと連れて行かれるのだ。

そういうところを見ていると、先日の祭りのときに見せた颯爽とした勇姿はなんだったのかとつい思ってしまう。自分を気にかけるより、民のことを考えよ、と言いたくなることもしばしばだ。

ところが、飄々《ひょうひょう》としていた光烈王は、部下たちと密かな夜襲の作戦を立てていた。それを珠泉が知ったのは、夜襲が成功して一軍を撃破した翌朝のことだった。

「翠国が、陣を引いた?」

華王朝正規軍とほぼ同時に到着して、堅陣を構えていた軍だ。

高楼に駆け上がった珠泉は、正規軍の横が大きく開いているのを見た。翠国軍は、と見ると、なんと正規軍の後ろに布陣し替えている。陣を払ったあとには、おびただしい旗や兵車、天幕などが地面に転がって黒煙を上げており、戦闘の急だったこと、翠国の狼狽振りを示していた。

「いったいどうやって都邑を出たのだ」

それは、珠泉の疑問であると同時に、夜襲を掛けられた翠国軍の疑問であっただろう。すでにほぼ全域を囲まれている都邑だ。門のひとつでも開けば、どこかの軍が気がつくに違いない。奇襲など不可能なはずなのだ。しかも狙われたのは華王朝正規軍の隣。これは正規軍を愚弄《ぐろう》したに等しい。

それまで数を頼んで弛《ゆる》んでいた包囲陣が、ぴりっと引き締まった。麟国軍の夜襲は、かえって相手を団結させてしまった観がある。夜間の見張りも厳重になり、これでもう襲撃はないだろう、と誰もが思った。

ところが今度は、各軍に食糧を届けるべく、後方からゆっくりと進軍していた輜重隊《しちょうたい》が襲われ、壊滅状態になった。それは、都邑から見えない戦いだったので珠泉は知らなかったのだが、参集している陣に動揺が走ったのは気がついていた。各陣の間に慌ただしく使者が往復し、珊国の軍が陣を払った。大将軍王珈の指図で新たに発する輜重隊を護衛するために派遣されたのだが、事情がわからない麟国側の一般庶人からすれば、撤退したとしか見えない。

都邑内の士気は、ますます盛んである。

毎朝やってきていた光烈王が、夜襲の翌日とその翌日は姿を見せなかった。戦いのきな臭さを珠泉から遠ざけておこうとの配慮なのだが、もしかして怪我をしたのかと心配になった珠泉は、思わず義丹を走らせていた。

衣服を改めゆったりとやってきた光烈王は、硬い表情で座っている珠泉を見て、おややと眉を上げげた。

「光烈王、怪我は？」

ところが真っ先に珠泉が聞いたのがそれだったので、光烈王の顔は笑み崩れる。

「ご覧の通り」

両手を広げて見せ、無事であることを強調する。

「よかった」

ほっとしたように胸を押さえる仕草が、微笑ましい。

「ご心配をかけまして」

「本当にそうだぞ。私は戦いは好まぬし、犠牲が出るのも嫌だが、光烈が怪我をするのはもっと好まぬ」

珠泉が言った途端、光烈王は瞳をきらりと光らせて、ずいと身体を進めた。

「わたしが怪我をするのは、お嫌ですか？」

光烈王の思惑など何も気がつかない珠泉は、こくんと頷く。そしていつの間にか手が届く距離に来ていた光烈王の腕を掴んで、だだを捏《こ》ねるように軽く揺すった。

「怪我など、してはならぬ」

次の瞬間、珠泉は引き寄せられ膝元に抱き取られていた。

「なにを……っ」

慌てた珠泉が手や足をわたわたと動かしている間に、光烈王はしっかりと彼を胸に抱え

込んで、甘く蕩けそうな眸で覗き込んできた。

「ありがたき仰せ。そのお言葉だけでこの光烈、勇気に満ち溢れてまいります」

「や、だから、勇気はいいが、光烈……」

「なんでしょう」

「放せ」

「それはつれない。口説いてよいと仰せでしたのに」

薄く笑いながら、光烈王が頰ずりしてくる。よく日に焼けた硬い肌の感触は、けっして厭《いと》うものではないのだが、嫌ではないと言ったらもっと何かされそうで。その何かも、すらりと受け入れてしまいそうな自分が怖くて。

珠泉は今にも唇を奪われそうな体勢から逃れるべく、光烈王の肩や背をぽかぽかと叩き押しやった。そのくせ奪う気ならさっさと奪えばいいのにと、心のどこかで思っているのだ。

そんな複雑な珠泉の気持ちを察したのか、光烈王は、珠泉の頭に手を置いてぐっと引き寄せると、放せ、下ろせと言い続けている唇をふさいだ。唇を擦りつけるようにしてゆるゆると動かし、舌先で表面を舐めてくる。それだけでじいんと痺れのような快感が背筋を走り抜け、くたくたと身体の力が抜けてしまった。

啄《ついば》むように吸われて、いつしか自分からも吸い返していた。うっとりするような心地よさに、ぼうっと意識が霞《かす》んでいく。

「感じましたか？」

ひそりと耳許で囁かれ、反射的に頷いてから、はっと我に返った。

「ば、ばかなことを言うな」

抗う腕に力を入れて突っ張ると、光烈王は抱き締めていた手を緩め珠泉を逃がしてくれた。ばたばたと手の届かぬところに離れてから、珠泉は肩で息をしながら向き直った。

「断じて、感じてなどおらぬ」

精一杯の虚勢《きょせい》で言い放った。光烈王は、苦笑しながら珠泉を見ている。こちらが動揺しているのを見透かしているのだ、と思うとなんとなく悔しかった。深呼吸して自分は平気だ、という顔を繕《つくろ》うと、わざわざ元の席に戻って腰を下ろした。黙ったままじっと見つめられているのも気詰まりで、必死になって話題を考えた。そうだ、と胸に抱えていた疑問を思い出す。こほんと咳払いして、問い質した。

「ところで、どうやって都邑を出た？」

「これは、我が作戦に興味を持たれましたか？」

意味ありげに言われて顔が赤くなりそうなのを、ぎりぎりで堪えた。平静を装いながら頷く。

「うん。実は光烈が皇帝になる前、王珈が面白いことを言っていた。今度の覇王は、ひとの虚を衝くのがうまいと。それはつまり、誰ひとり予想もしない用兵を行うということだろう？」

「王珈将軍がそのようなことを。これは侮《あなど》れませんな。やはり正規軍との決戦は避けたほうがよさそうだ」

「それがよい。王珈と正面から当たれば、体面上双方引けないから、犠牲も大きくなる。私も辛い」

「申し訳ありません。しかし、王珈将軍をそのように庇われるとは、妬《や》けますな」

光烈王は口許を緩めながら、思わせぶりに珠泉を詰ってみせる。

「また、そんなことを。……光烈、そなたわざと話を逸らしていないか？　私はどうやって都邑を出たかと聞いているのだぞ」

言いかけてはっと気がついた珠泉が、話を引き戻した。

「おや、気がつかれましたか」

言いながらも光烈王は笑っている。珠泉は、むっとした。

「私を馬鹿にするか」

「馬鹿にするだなどと、とんでもない。実は我が国で一番最初に麟鉱石が発見されたのを記念して、この地に都邑を定めたという記録がございます」

突然関係ないことを言い出した光烈王は、またもや自分をごまかそうとしているのだ、と珠泉の機嫌はますます下降していく。

「つまり、宮城背後の岩山がその場所でありまして、今は完全な廃坑となっておりますが」

「光烈、私は麟鉱石の話を聞きたいのではなくて、どうやって都邑を出たかということを」

「ですからそれをご説明しているのですが」

「光烈の言うことは、回りくどくてさっぱりわからぬ」

「簡単に申し上げれば我が国には、麟鉱石を採掘するための技術と、坑道を掘り進む優れた工人が代々存在したということです」

だからそれがどうしたのだ、と言いかけて、珠泉は手を振った。

「もうよい。話したくないなら、あえて聞かぬ」

気が抜けたような珠泉に、光烈王は意味ありげな笑いを浮かべていた。

「言葉で伝えるというのは、なかなかもって難しいものですな」

何が難しい。はぐらかしただけではないか、と珠泉はつんとそっぽを向いた。

その後、二度とないと思われた夜襲はもう一度敢行され、囲いの中で放たれていた馬の多くが一斉に追い立てられて四散した。光烈王の軍は、忽然《こつぜん》と現れ警戒していたはずの監視の目をかいくぐり、あっさり目的を達すると、また忽然と消えてしまった。まさに神出《しんしゅつ》鬼没《きぼつ》。

「やられた！」

「馬を集めろっ」

「なんということだ！」

周章《しゅうしょう》狼狽《ろうばい》した兵たちは怒声を放ちながら、かろうじて残った馬を掻き集めた。しかしこれではとても、騎兵の数に足りない。攻め手側の機動力は失われた。

もともと覇道を突き進んでいたときの光烈王の用兵の巧みさは、各国の将軍たちを翻弄していたものだが、ここに来てその動きは、まるで妖術のような幻惑さを帯び始めた。集まった軍の間に動揺が広がっていく。ちょっとした物音にも、また光烈王かとびくつき、戦わずして士気が衰《おとろ》え始めた。襲われた輜重隊の代わりがまだ到着せず、食糧に事欠くようになったのも、原因のひとつかもしれない。

そして今度は真っ昼間、琥国軍の背後に光烈王自らが率いる騎馬隊が忽然と現れた。

「敵襲、敵襲だぁ」

「剣を取れ、怯むな！　相手は小勢ぞ」

「もう駄目だ、逃げろっ」

「待てぇ、逃げれば切る！」

小隊長らが懸命に軍をまとめようとするが、光烈王の指揮下にある騎馬隊は、右往左往する琥国軍を怒濤《どとう》のように掻き回し、霧散《むさん》させてからさっと引き揚げていく。琥国軍を指揮していた将軍は、自分の陣を攪乱《かくらん》されたのに追跡もできず、面目を失った。

かっと頭に血が上った将軍は、

「火矢だ、火矢の用意！　火攻めにしてくれる」

喚きながら火を熾《おこ》せと命じた。掻き集めた弩弓兵《どきゅうへい》を一列に並べ、矢の先端に油を含んだ布を巻きつけた。焚き火から火を移す。

将軍はぎりぎりと歯噛みしながら城壁を睨みつけ、「撃て」と命じた。五人引きの火矢が、何本も水堀を越えて城内に飛んでいった。中から悲鳴が聞こえてくる。煙が上がり、しかしすぐに収まった。火矢への備えもあったわけだ。

「くそうっ」

悔しがって膝を叩いた将軍は続行を命じる。琥国軍は続けて火矢の準備にかかった。一本ずつに油を染み込ませた布を巻き、火をつけて放つのであるから、準備にも時間がかかる。


琥国の軍が火矢を放ったのを見た王珈は、罵声を放った。

「馬鹿者！　中に聖帝陛下がおわすのを失念したかっ」

すぐに止めるように使者を走らせる。

そのときだった。華王朝軍からどよめきが起こり、動揺は各国軍に広がっていった。

「陛下……」

「聖帝陛下が、あれに！」

城壁に珠泉が立っている。煌びやかに装い、冠から下がる歩揺が光を浴びてきらきらと光っていた。城壁の上を歩きながら、こちらに向かって何か言っているようだ。

驚愕の声を、琥国軍だけが聞き損ねている。火矢の準備に集中していたからだ。

軍を引く途中の光烈王も、珠泉を見た。

「ばかな。大切な御身で何をなさっておられる」

光烈王は、邑内に戻るため急ぎ馬を間道に向けた。胸騒ぎがしてならない。華王朝側が珠泉に何かするとも思えないが、ここは戦場だ。どういう突発事が起こるか。

そんな中、琥国兵が二度目の弩弓を放つ。火矢が唸りをあげて城壁を飛び越えた。その一本が珠泉の近くに落ち、ぐらりと揺れた身体が、こちらから見えなくなった。まるで火矢に射られて落ちたかのようだった。

邑を囲んだ兵たちの間から悲鳴にも似たどよめきが上がる。

「聖帝陛下がっ……」

「止めさせろっ。どの軍が火矢を命じたのだっ」

琥国軍も、撃った直後に珠泉を認めた。火矢が止まる。

攻城軍の間に沈黙が広がった。今さらながら自分たちが攻めている場所に、聖帝が滞在しているのだと、認識したのだ。聖帝を救出するとの、華王朝の徴兵でやってきたが、眼前に見た聖帝は囚われているとは思えなかった。むしろ自分たちが、聖帝を攻めているように見えている。

もしかして自分たちは、とんでもない謀略に、知らずして巻き込まれたのだろうか。聖帝が詔を発すれば、こちら側こそが賊軍になるという恐怖が、彼らを縛る。誰もが賊軍の汚名は着たくない。

なかでも琥国軍は、光烈王に蹴散らされた以上の衝撃を受けていた。自分たちは文字通り、聖帝に向かって弓を引いたのだ。しかも中から燻《くすぶ》る煙が、いったい何処まで広がっているのか。落ちたように見えた聖帝は、果たして無事なのか。

珠泉が城壁に出ようと思ったのは、光烈王が出撃したと聞いたからだ。光烈王に怪我などしてほしくない。そして戦いは止めさせたい。どうしたらいいのか、と悩んだとき、自分の姿が攻守双方の兵の眸に触れれば、抑止力になるのではと思いついたのだ。

反対する光烈王はいないし、義丹が必死に止めるのを振り切って、星麗宮を出てきた。最初の火矢が邑内でなんとか消し止められたのを見てから、珠泉は急ぎ足で城壁の上に立った。高楼にいるよりも、兵たちが間近に見えた。彼らにも家族があり身内がいるのだ。むざむざと命を果てさせてはならない。

ここからでは声は届かないだろうが、自分が姿を見せていれば、少なくとも攻撃は止むだろうという観測は甘かったようだ。二回目の火矢が飛んできた。大型の弩から放たれた火矢は、唸りをあげて珠泉のすぐ側を通り過ぎた。炎の熱が感じられるほどの間近だった。珠泉は思わずその場にしゃがみ込んでしまった。

敵味方で恐怖の声が上がったのはそのときである。しかも珠泉の側を掠めた火矢は、一定の間隔で設けられていた物見櫓《ものみやぐら》に落ち、ぶすぶすと燻り始めていた。小さな炎がちらちらと見えている。

「珠泉様」

義丹が駆け寄ってきた。着ていた袍を脱いで、懸命に火を消している。

「義丹、危ない。ここは降りよう」

とても義丹の力だけでは消せそうもないと見て、珠泉が促した。煙を吸い込んで咳き込みながらふたりで城壁から下りようとしたとき、燻っていた炎がぱっと燃え上がった。

「危ない！」

義丹は思わず自分の身体で珠泉を庇って火の粉を避けた。かろうじて難を逃れ、しかしこちら側から城壁を降りるのは不可能な情勢となった。

「仕方ない。義丹。距離は長くなるが反対側から……」

言いかけた珠泉は、義丹の顔色を見て振り向いた。

そちら側も、黒煙に覆われている。ふたりは煙の壁に閉じ込められていた。

「どうしたらいい……」

珠泉は途方にくれた。煙で目が痛い。ひっきりなしに咳も出る。消火活動は始まっていたが、とても間に合うようにここまでは来られないだろう。

「いっそ飛び降りるか」

「駄目です」

身体を乗り出した珠泉を、義丹が必死で止めた。飛び降りて、無事ですむとは思えない高さなのだ。

「だが、このままではどうしようもない。……勝手なことをしたと、光烈に怒られるな。義丹にもすまない。巻き添えを食わせてしまった」

「そんなことをおっしゃらないでください」

なんだか覚悟を決めたような珠泉の言葉が悲しくて、義丹は必死で頭を振った。が、珠泉は諦めたわけではない。煙の中を進めないかと果敢に挑戦してみたが、その先にすでに炎があることを知って、慌てて引き返した。

着物を裂《さ》いて結び、縄のようにして降りようと、義丹が先ほどの消火作業に使ってぼろぼろになった袍を引き裂き始めた。が、用具もなしに布帛を裂くのは至難の技だ。すぐに指が痛くなってきた。

城壁の下からも、梯子《はしご》を組継ぐなどして、なんとか珠泉たちに届かせようと懸命になっている。しかし黒煙と炎はじりじり迫り続け、救出のための試《こころ》みはすべて空しくなりつつあった。

「光烈……」

ほぼ絶望かと思ったとき、珠泉の心は彼の名を呟いていた。天を見上げ、面影を辿る。きりりと引き締まった男らしい顔の線。珠泉に対するときは、いつも綻んでいた唇。優しい顔が多かったが、ときに情熱も露わにこちらを見るときは、猛禽のような鋭さも見せた。

会いたい、と痛切に感じた。二度と会えないかもしれないというこの土壇場《どたんば》で、珠泉は光烈王がどれほど自分にとって大切な存在になっていたかをようやく悟ったのだ。自らの鈍感《どんかん》さに怒りさえ覚える。

光烈王があれほど掻き口説いてくれていた間にそれに応えていたら。こんな危うい羽目に陥る前に、存分に幸せを満喫できていただろうに。

それを思うと悔しくてならなかった。そして、自分が危機の中にいるのに、光烈王がここにいないことに猛然と腹が立った。

「許さぬぞ、光烈。私を離さぬと言ったくせに、何をしている。早く迎えに来ないと、手遅れになるぞ」

突然空に向かって叱咤した珠泉を、最初義丹は奇異の目で見たが、物音を聞きつけてはっと背後を振り向いた。

聞こえる。馬の蹄が石畳を蹴る音だ。誰かが近づいてくる。こんな狭い城壁を騎馬で疾駆するなど、自殺行為だが……。

「珠泉様」

珠泉は頷いた。

「きっと、光烈だ」

そんなことをしてのける度胸の持ち主は、光烈王しかいない。そう確信しながら、珠泉は希望に輝く目で音のする方を見つめた。

熱い黒煙と炎を突き抜けて光烈王が飛び込んできた。狭い城壁をついに馬で走り抜けてきたらしい。

「光烈！」

珠泉が全身から悦びを溢れさせながら、光烈王に走り寄った。伸ばされた手に、しっかりと摑まる。軽々と抱き上げられ、光烈王の前に乗せられた。

「どうか珠泉様を」

祈るように見上げる義丹にも、光烈王は手を差し伸べた。

「馬鹿者。おまえも来るのだ」

「無理です。いくらなんでも、三人は無理……」

頭を振りながら後ずさる義丹の襟を、光烈王が摑んだ。

「ごちゃごちゃとうるさい。時間がないんだ。行くぞ」

そのまま引き寄せられて小脇に抱えられる。宙づりにされた義丹は小さな悲鳴を上げてぎゅっと目を閉じた。

「珠泉、腕が足らぬ。しっかりわたしに摑まって」

光烈王は片手で手綱を操っている。珠泉は光烈王にしがみついた。

「眸を閉じ息も止めるのだ。行くぞっ」

狭い城壁を馬が走り出す。この高さでは、どちら側に落ちても死は免《まぬが》れぬであろう。しかも、行くも帰るも炎と黒煙の中を突っ切らなければならない。

光烈王は、珠泉と義丹を抱え込んだまま、炎と煙を忌避《きひ》する馬を巧みに御して走らせた。一歩間違えば、落ちるか火に巻かれるか。

光烈王の肩に伏せていたのは、ほんの一瞬のように感じられた。さっと爽やかな空気に取り巻かれる。黒煙を抜けたのだ。

光烈王がいったん馬を止めた。無事な三人を見て、息を呑むようにして見守っていた人々の間から、安堵の吐息が零れる。そのまま少し進んで地上へ続く通路に出、狭い降り口をゆっくりと馬を進めた。

下に辿り着くと、はらはらしながら城壁下で待ち受けていた兵や邑民たちが駆け寄ってくる。そのひとりに義丹を渡し、自分も素早く馬を下りてから珠泉を助け下ろした。

珠泉は泣き笑いの表情で、顔を上げた。そのまま抱きつくようにして、

「光烈。私はそなたが好きらしい……」

感極まって、それだけ言うと、あとは言葉にならなかった。光烈王の胸に顔を埋め、しっかりと背中に手を回した。

「これは嬉しい告白ですな」

笑いながら言ったその声が、なんだかおかしい。あれだけ好きだと言った相手がようやく告白に応じたというのに、なんだ、その感激のなさは。むっとして見上げた光烈王は、まるで苦痛を堪えるように眉を寄せていた。抱き締めてくれた腕の力も妙に弱いし。

「光烈……？」

内心首を傾げながら、無意識に相手を観察する。そうして気がついたのは、背中に回した掌がなんだか熱い。着衣の感触にも違和感がある。

「光烈！」

肩越しに覗き込んだ途端、珠泉は悲鳴を上げた。肩から背にかけて戦衣が黒焦げになっているのだ。炎を突っ切ったとき、もろに炙られたのだろう。

「誰かっ」

珠泉の悲鳴で状況を察した兵たちの機敏な行動で水桶が運ばれ、光烈王の背中に何度もかけられた。薬師が呼ばれて来ると、城壁近くの屋敷を接収して治療が始まった。慎重に着衣を剝《は》がしていく。無惨な火傷《やけど》のあとが露わになった。

「光烈、なぜすぐに言わぬ」

珠泉は涙声だ。床几に腰を下ろした光烈王の側に膝を突いて、見上げている。その手はずっと光烈王の手を握ったままだ。

「武人が背中に怪我を負ったなど、恥を晒すもの。申し上げることなどできません」

「馬鹿……」

睦言のようなふたりの会話を聞いていたのは、幸いにも史扇と薬師だけだ。集まっていたほかの者達は、駆けつけた途端に史扇が、解散させている。「未だ戦闘中だぞ、持ち場を離れるな」という叱責《しっせき》の元に。

背中に薬を塗られ、包帯を巻きつけられていても、光烈王は上機嫌だった。かなりひどい火傷で、治療の間も相当痛みはあったはずだが、終止笑みを浮かべて、痛みなど感じていないように振る舞っている。珠泉がずっと側にいるせいだろう。しかも心配そうに見守っているその顔を見れば、痛みなど霧散するのかもしれない。

ようやく治療が終わり薬師が出て行くと、光烈王は史扇まで邪魔にして、

「俺には休息が必要だ」

と追い出しにかかる。

「おそらく華王朝側から使者が来るだろうが、適当にあしらっておいてくれ」

「兄君……」

史扇の嘆息《たんそく》を、光烈王は聞かない振りをした。

「万一聖帝陛下の無事なお姿を確認したいと申し入れがありましたら？」

「軍を引くのが先だと言ってやれ」

「そんな無茶な」

「もう、あれこれうるさい。おまえはこの状況がわからないのか。俺は怪我人だぞ」

思わず史扇の唇がぽっかり開いた。これだけ元気で、怪我人というのもおこがましい。

「史扇、光烈は重傷なのだ。すまないが、そなたが代理でしばらく指揮を取ってくれないか」

しかし珠泉に側から言葉を添えられると、何も言えなくなった。騙されている、と思いはしたが「承知いたしました」と頭を下げて部屋をあとにする。

「珠泉、少し横になりたい」

「あ、ひとりでは危ない。私に摑まって」

すばやく寄り添って、そっと身体を支える、光烈王は珠泉に凭れるようにしてゆっくり寝台に移動した。実は助けなどいらないのであるが、せっかくの好意を断る光烈王ではない。仰向けになると火傷の部分が痛むので、俯《うつぶ》せになって、珠泉を呼ぶ。

「側に」

抱き締めるとそっと身を寄せてくるし、口づけを奪っても、

「怪我をしているのに」

と言いながらも素直に眸を閉じる。光烈王にとっては、まさに至福の時が訪れた。好きなだけ貪《むさぼ》ったあと、光烈王は名残惜しげに唇を離し、赤く色づいたその輪郭をそっとなぞった。

「珠泉、先ほどの言葉をもう一度お聞きしたい」

「先ほどの？」

首を傾げてから、珠泉はぼうっと赤くなった。

「私は、そなたが……」

そこまで言ってから、珠泉はぱっと自分の顔を覆い、言えない、と首を振った。

「駄目ですか」

わざとがっかりしたように言って、気落ちしたようすを見せると、珠泉はしばらく躊躇

ってから、ようやく囁くような声で告げてくれた。

「私はそなたが好きらしい」

「は？」

思わず光烈王が聞き返した。

「光烈、何度も言わせるな」

眦を赤くして睨んでくる。なんとも悩ましい顔にはなっているのだが、

「好き、らしい……？」

思わず繰り返していた。好きだ、ではなかったのか？

「先ほどの言葉を繰り返せと言ったではないか」

可愛らしい口が、むっとしたように突き出された。摘んで食べたい、と思いながら、

「そう、ですが。好き、ではなくて、好き、らしい、のですか？」

なんとなくがっかりする。

「……いけなかったか？」

「いけなくはないですが」

じっと見ていると、珠泉はそわそわと落ち着かなくなる。誰もいないのに周囲を窺うようにに見てから立ち上がり、光烈王が横たわっている寝台の端に遠慮がちに腰を下ろした。

そして自分から光烈王の手を取り、そっと頬ずりした。

「煙を越えて来てくれたときは、嬉しかった。もう一度会えて、言葉も交わせて、こうして寄り添える。怪我をしたのを見たときは、目の前が真っ暗になったぞ」

「それでも、好きらしい、なのですね」

「だって、光烈、私は知らないのだ。どういう状態が、好き、なのか。ただ、光烈が側にいて、ずっと私のことを見てくれて、抱き締めてくれるのは、嬉しい。絶対に失いたくない。だからたぶんこの感情が、好き、ということなのだと思うから言っているのだ」

「珠泉！」

いきなり半身を起こした光烈王に抱き締められて、珠泉は眸を白黒させる。

「光烈、怪我が……」

「怪我など、どうでもいい。わたしは、今、あなたを抱きたい」

「……抱きたいって、……またあのように、恥ずかしい格好をしてわけがわからなくなることをしたいのか？」

「ええ、そうです」

珠泉の項から血の色が上っていくのを、光烈王はじっと見ていた。得も言われぬ清楚《せいそ》な色気が香り立っている。

「……光烈が、どうしても、というなら」

火傷に触らぬように光烈王がまとっていた薄物の衣の裾を握りながら、珠泉が蚊の鳴くような声で言った。

「どうしても」

強く繰り返すと、珠泉は面を伏せたままこくんと頷いた。そしてもたもたと自らの衣に手をやっている。自分で脱ごうとしているらしい。

「珠泉、それもわたしにさせてください」

耳元で甘くねだると、珠泉は一瞬だけ光烈王を見上げて、素直に手を下ろした。上気した顔に、ひどくそそられる。真っ赤に色づいている耳朶を唇に食んだ。

「なに？」

びくっと手をやろうとするのを止め、緩く抱き締めたまま、耳を甘噛みした。ずっとつけている玉の耳飾りが舌に当たる。それごと舐め回していると、

「や、なんか、へん」

むずむずするらしい。

「それが快感の兆しです」

重々しく断言すると、

「くすぐったいだけだぞ」

違うだろう、という顔をして見上げてくる。かまわず、今度は反対側の耳朶に狙いを定めた。舌を這わせ、中を舐る。そして軽く歯を立てると、

「だから、くすぐったいと言っている」

珠泉が身体を捩《よじ》って逃げようとした。

「背中がぞくりとしませんか?」

「それは、するが……」

感じているのだ、と光烈王にはわかる。一度抱かれた記憶しかない珠泉には理解できないようだが。

光烈王は耳を交互に弄りながら、さわりと身体を撫で下ろした。そして寝台に腰かけて、身体を捩るようにして抱かれていた珠泉をふわりと抱え上げる。

「ぁ、光烈」

不意のことにちょっと慌てたらしい。足をばたつかせ、沓が脱げたようだ。かまわず引き寄せて傍らに横たえる。

「無茶をする。光烈は怪我をしているのだぞ」

珠泉が恐る恐る光烈王の肩を撫でた。薄衣の下に包帯が見えている。

「怪我のことより、あなたが欲しいという気持ちが強いのです。痛みなど、感じません」

言いながら、光烈王は珠泉の衣に手を掛けた。襟元を開きくつろげていく。現れた白い肌に、そっと唇をつけた。

「耳はもういいのか？」

とんちんかんな言葉を発する珠泉を、微笑みながら見て、

「あとでまたいただきます。今はしばしこちらを」

そう答えると、鎖骨に歯を立てた。うっすら跡がつく程度に噛むと、ちくりとした痛みに珠泉がびくりとした。

「……っ。光烈、痛い」

「失礼しました」

と言いつつ、光烈王はそのあたりを舐めて噛んで、を繰り返していた。最初ほど痛くしないように気をつけたせいで、珠泉はもう痛いとは言わず、その代わり眉を寄せるなどして、微妙な感覚をやり過ごしているようだ。

もう少し前を開けると、白い染みひとつない肌が現れていく。そっと宝物の包みを解く気分で、光烈王は胸の淡い色が覗くあたりまで、はだけさせた。自分の心臓がどくりと大きく鼓動した。すでに腰は熱く反応している。珠泉に悟られたくなくて、わざと腰をずら

しているのだが。

白い胸に、小さな可愛い宝珠がふたつ。やはり感じていたのだろう、乳首はすでに芯を持っている。光烈王が舌でぺろりと舐めると、

「やっ、な……？」

咄嗟に動いて珠泉の両手が、胸を隠した。

「珠泉？」

「そこ、は、くすぐったいから、いやだ」

「では、指の上から」

「え？」

光烈王は顔を伏せて、胸を隠した珠泉の指を舐めた。手の甲から指を一本ずつ、付け根から先端まで、そして隙間からときおり胸まで舌先を届かせる。

「それも、いや」

何度も身体に震えが走っているのを見ると、感じているのは間違いない。指は敏感な神経が通っているから、刺激すると堪らないはずなのだ。

「そこもいや、それもいや。わたしはどうしたらいいのでしょうね。珠泉に触れたいのに」

「……触りたいのか？」

おずおずと確認し、光烈王が頷くと躊躇いながら手を下ろした。こちらの意に添おうとする、素直な珠泉が可愛かった。恥ずかしさを堪えているのもわかる。触れられるたびに自分がびくびくと反応しているのが、羞恥を誘うのだろう。

「ありがたく思いますよ」

また邪魔されないうちに、こちらの手を押し当てる。芯の入った乳首を押し潰した。

「あっ……」

触れた乳首のあたりから、波紋のように鳥肌が広がっていく。指先で摘まむと、珠泉が息を呑んだ。さらにもう一方の乳首を口に含んで吸いながら舌先で突くと、ついに我慢できなくなったのか、ばたばたと手足を動かして逃れようとする。

「光烈、駄目だ……」

「珠泉」

静かに、しかし意志を込めた声で名を呼ぶと、すぐに動きは止まった。恨めしげな眸で見上げてはきたが、わざとらしく微笑みかけると、ぎゅっと瞼を閉ざしてしまう。長い睫《まつ》毛《げ》が頬に影を落としていた。

もう一度、胸に唇を落とし、舌先で突いたり舐めたりし始めた。反対側は指で刺激する。

「んっ、……っ」

しばらくそれを交互に繰り返していると、珠泉はもじもじと腰を動かし始めた。乳首を弄っていた手をさりげなく滑らせて、一瞬だけ腰に触れる。

「あっ」

珠泉がぱっと眸を開けた。真上から見下ろしている光烈王と視線が合ってしまい、それでなくても紅潮していた珠泉は、今度こそ真っ赤になった。

「勃《た》ってきましたね」

笑みを浮かべながら指摘する。けっして意地悪のつもりではない。

「そ、それは、光烈が変なところを触るからだ」

珠泉は懸命に言い返してくる。

「そうですね。わたしが触っているから。気持ちいいと、身体が感じてくださったわけですか」

「い、いけないのかっ」

焦ったような珠泉も可愛かった。

「いいえ、嬉しいですよ。わたしなどあなたに触れるだけでこれですから」

そのとき初めて、光烈王は珠泉の上に自らの身体を被せた。切ない部分が重なり合う。硬くなりかけていた珠泉の股間が、光烈王の熱に触れて、いきなりぐんと成長した。

「や……」

　それは自分でも思いがけない反応だったのだろう。反射的に珠泉の手が腰に向かいかけた。その手を押さえられて、

「珠泉、感じてくださって、わたしは嬉しいと申し上げたのですよ。好きな者同士がこうして触れ合って感じなければ、本当に好きかどうか、疑うべきです」

　きっぱり言った光烈王に、珠泉は恐る恐る確認した。

「おかしなことではないのか？」

「とんでもない。それどころか、当然のことです」

　断言して、光烈王は愛撫を再開した。自身、そろそろ辛くなり始めている。早く珠泉のすべてを味わいたいと、胸まではだけていた衣服を、するすると剝ぎ取ってしまった。燐光を放つような、しなやかで美しい身体だった。隠したいのを我慢していることがわかる。日常小姓の手で着替えたり風呂にも入っている身としては、ただ裸体を晒すだけでは、恥ずかしいとは感じないはずだ。その感覚は別の、舐めるように崇めるように見つめる光烈王の視線によって掻き立てられているのだろう。

　光烈王の剣を握り慣れた硬い手が、滑らかな珠泉の肌を滑った。びくりびくりと珠泉は身体を震わせる。

声を上げたのは、あちこちに触っていた光烈王の手が、股間の昂りをそっと握り取ったからだ。

「あなたはここも美しく作られている」

「やっ」

感嘆の言葉を告げながら、光烈王はゆっくりと手を動かした。これまでの愛撫で肌が敏感になっていた珠泉は、直接の刺激にはひとたまりもなかった。先端からどんどん蜜が溢れ出す。光烈王が手を動かすと、ねちゃっと恥ずかしい水音がする。

「こう、れつ……、んっ、やぁ」

息を荒げ、切なく眉を寄せて、珠泉が手を伸ばしてくる。何かに掴まっていないと不安のようだ。身体の中に、煮《に》え滾《たぎ》るものが溢れているのだろう。

光烈王はその手を自分の首に導いた。喜んで掴まろうとして、びくっと珠泉は手を引っ込めた。

「だめ、けが……」

覚束ない動作で頭を振る。まだ完全に理性は飛んでいないようだ。

「大丈夫ですから。怪我は背中です」

「ぁ……」

「で、も……」

「わたしもあなたに触れてほしいのですよ」

じっと見上げる眼差しは、快感の余り生理的な涙で濡れていた。きらきらと光を跳ね返す瞳は、麟鉱石の七色の煌めきよりも美しかった。

「触る……？」

「そうです。……わたしに、触ってください」

秘めやかに囁かれ、珠泉の手がおずおずと光烈王の方に伸びた。首でも肩でもなく、珠泉の手は光烈王の胸にそっと押し当てられる。服の上から何度か撫でて、不満そうに光烈王を見上げた。

「これでは触れない」

「十分に触れていただいていますよ」

「でも私も、光烈の肌に触れたい」

誘いにもならない稚拙《ちせつ》な言葉に、逞しい光烈王の身体が震えた。かっと血が上って、危うく暴発するところだった。

たったひと言で。

自嘲《じちょう》しながらも、珠泉が本気でそう思っていることが伝わってきて、光烈王は嬉しかった。慣れない彼に、自分の身体を見せては引かれるのではないか、という危惧《きぐ》はまだあったが、触れたいという言葉に従うことにした。

「しばし、お待ちあれ」

　半身を起こし手早く薄衣を脱ぎ捨てた。鍛えた身体が現れる。下半身の衣類を取り去ったとき、珠泉の眸がその部分に釘付けになった。

　露わになった肌を晒したまま、光烈王は珠泉の反応を探った。心が通じ合っての交歓だから、少しでも珠泉が嫌なことはしたくない。

　じっと光烈王を見ていた珠泉が、ゆっくりと顔を上げた。その中に嫌悪感はないか、と光烈王は鋭い眼差しを向ける。

「大きい……」

　しかし珠泉が言ったのがそれで、構えていた光烈王は思わず苦笑してしまった。

「それは、わたしと珠泉では身体の大きさが違いますから」

　何を言い訳をしているのだと思いつつそう言うと、それだけで納得した珠泉は、両手を差し伸べてきた。腕に触れ、肩に触れ、背中に触れて、包帯の感触にびくりと手を逃す。

「いいから、好きなだけ触れてください。痛くありませんから」

　そう言われて安心したように、珠泉は肩から背に手を滑らせた。力を入れないように気を使いながら、背中を撫で下ろし、腰のあたりの素肌をしばらくさすっていた。と思うと何を考えたのか、脇から前の方に手を回してきた。

「珠泉、何を」

驚いて光烈王が腰を引こうとしたときは、逞しい腰のものは珠泉のしなやかな指に握られていた。

「光烈、熱い……、動いている」

触れただけでびくびくと脈打つそれに、珠泉が驚きの声を上げる。

「これが、光烈……」

「わたし自身でありますれば」

いやという感情ではないようだ。珠泉が不思議な顔をしながらも手を動かしているのを見て、光烈王はそう判断した。それにしても、つたなく動かしているだけなのに、腰が蕩けそうな快感はどうだ。珠泉が触れている、と思うだけで、奥から灼熱が込み上げてくる。それを堪えるために、光烈王の逞しい身体は何度も震えた。

「光烈、私のも、触って……」

あげくの果てにそんなことを言われて、光烈王の脳裏に閃光が走った。珠泉の昂りに手を伸ばす。先端に露を含むそれを、感触で確かめながら擦り上げていく。光烈王が手を動かすに連れて、悦が走るのだろう。珠泉の指はたびたび止まり、あえかな声を漏らしては身体を捩らせている。

仰け反る肢体。うっすら汗をまとい、くねる身体は艶めかしいのに、無垢《むく》な印象は消えない。光烈王は賛美しながらつんと突き出した乳首を舌で虐め、さらに伸び上がって耳朶を噛む。そのたびに珠泉の昂りからは蜜が溢れて、光烈王の手を汚した。珠泉の手の中にある光烈王自身も、欲望でしとどに濡れているはずだ。

快感が溢れて止まなかった。このままでは恥を晒してしまう。まずは一度、と光烈王は歯を食いしばる。片方の腕を珠泉の背に回し、もろともに上体を起こした。

「光烈？」

弾みで手が外れてしまい、戸惑ってる珠泉に微笑みかける。そっとその手を取り、二本の茎を合わせたそれを握らせた。その上から自らの手を被せ、動かしていく。

「あ……んっ」

指の刺激と、互いのものが触れ合う感覚と、そしてそれらが眸に映る羞恥と。珠泉の中で高まりつつあった快感が、一気に膨張を始めるのがわかった。光烈王自身も、珠泉の手で快楽の階《きざはし》を駆け上がる。

「珠泉、一緒に」

息を詰め、擦り上げる速度を速める。

「やっ、光烈……、あ……やあぁぁっ」

光烈王の肩に縋るようにして、珠泉が上り詰めた。達するときの甘い悲鳴と艶めいた表情と、そして自らの手の刺激で、ほとんど同時に光烈王も達していた。先端からどくっと白濁が溢れ、ふたり分の蜜液は珠泉の指も光烈王の指も汚して、寝台の上に滴《したた》り落ちていく。

かくん、と珠泉の身体が崩れ、光烈王は慌てて抱き留めた。達した衝撃からだろうか、珠泉の身体は震えを帯びている。眸は閉じたまま、光烈王の腕にぐったりと凭れ掛かり、気も飛ばしたのだろうか、と心配になるほど長い間動かなかった。

「珠泉……？」

さすがに気になって声をかけると、長い睫毛が微かにそよいだ。意識はあるようだ。光烈王は珠泉を改めて横たえると、達したばかりで壮絶《そうぜつ》な艶を放っている身体を飽かず眺めた。見るだけでなく、手でも触れていく。頰を撫で髪をさすり、耳朶を擽《くすぐ》る。首から鎖骨への線、鎖骨から胸の飾り、そして形のよい臍《へそ》。

途中で珠泉がくすりと笑って、わずかに逃れようとする。

「くすぐったいのですか？」

密やかに問いかけると、それまで閉ざされていた瞼が開いた。黒目勝ちの美しい瞳だ。まだ涙のあとがあり、潤んだそれが真っ直ぐ光烈王を見上げてくる。無垢でありながら、誘うような、なんとも言いようのない蠱惑《こわく》に満ち溢れた眸は、光烈王の欲望を掻き立てる。

しかも口づけで膨らみを増した唇から、

「違う。感じている」

はっきりとした言葉を告げられると堪らなかった。最初に愛撫したときは、自分の身体の感覚をくすぐったいとしか言えなかったのに、もう快感という言葉の意味がわかるようになっている。自分が変えたのだと思うと、愛しさが溢れて止まない。可愛いことを言う唇を塞ぎ、思うさまに貪った。

途中で苦しい、と訴えられたが、止まらなかった。何度か肩や腕を叩かれ、ようやく多少の理性が戻っても、息継ぎの間を許しただけでまた掻き抱き、顔のあちこちに口づけを降らせていく。

「んっ、光烈……」

珠泉が喘ぎながら顎を上げると、露わになった喉に唇を滑らせた。吸い上げ軽く歯を立て、探索を繰り返しながら赤い鬱血の痕を散らしていく。胸から腹、特に乳首には、何度も舌を伸ばし吸い上げて、珠泉から甘い悲鳴を搾り取った。

さらに可愛い臍を舌でさんざん舐ってから、その下にも唇を這わせる。蜜で濡れた絨毛を指で引っ張るようにしながら、達してしんなりなった珠泉自身をするりと口腔に含んだ。

「あ、やめ、そこは、光烈……」

焦ったように珠泉が手を伸ばして、光烈王の頭を摑まえようとする。しかし、ちゅっと唇をすぼめて吸うと、

「あぁ、んっ」

と痙攣するように身体が震え出した。

「やっ」

嫌だ、と唇からは拒絶の言葉が漏れ、しきりに頭を振っているが、口であやしている珠泉自身はたちまち力を持って勃ち上がっているし、光烈王の頭に伸びた手は、痙攣するように髪の毛を摑んでいるだけになる。

珠泉の足が敷布を蹴って、波のような皺を寄せている。与えられる快感で、わけがわからなくなっているようだ。譫言のような「いや」は、光烈王の耳には「いい」としか聞こえない。

昂りを十分に育て上げると、いったん口から出し、すんなりした珠泉の足を大きく開かせた。少し腰を持ち上げるようにすると、秘密の部分がさらけ出された。喘いでいるばか

りの珠泉には、自分がどういう体勢に置かれているか、わからないようだ。

光烈王は、珠泉の昴りから零れ落ちる蜜を掬った。それをそっと奥の蕾に塗りつける。何度か繰り返して、とうてい足らないことに気がついた。顔を伏せて、直接舌を伸ばす。

「光烈っ」

快感にあやされて、心地よい空間を漂っていた珠泉も、さすがに何をされているか気がついた。逃げようと足掻き始める。

「やめよ、光烈、そこは汚い……」

「何を言われる。あなたの身体で汚いところなどない。ここも鮮やかに熟《う》れて、わたしを誘っているというのに」

「ち、違う、誘ってなど」

「したい、いけませんか？」

伸び上がるようにして視線を合わせた光烈王を見て、珠泉の抵抗が弱まった。

「でも……」

「お願いする」

珠泉は顔を覆ってしまった。光烈王の強い眼差しを受け止めきれなかったのだ。しかし、暴れていた身体は動かなくなった。光烈王が足を広げ、腰を持ち上げても抵抗しない。

光烈王は薄く微笑みながら、腰のあわいに舌を伸ばした。昴りの裏筋から、双珠の膨らみを経て、敏感な襞《ひだ》を伝い蕾に達する。慎ましく閉じたそこを舌で舐め解き、唾液で潤してから、ためしに指で押さえてみた。するりと先端が引き込まれる。

「んっ」

珠泉の身体に力が入った。かまわず奥まで挿れてぐるりと指を回した。ぎゅっと締めつけてくるのは、不快感からだろうか。

かちかちに強張った身体が、それ以上の侵略を拒んでいる。光烈王は身体をずらして珠泉を覗き込んだ。顔を隠している手の甲に口づける。

「息を吐いて、珠泉」

何度も口づけながら囁くと、こわごわと指の間が開いて眸が覗いた。その瞼にも口づけを落とす。慌てて瞑《つむ》った仕草が可愛かった。

「あなたが嫌なことはしません。ここで止めろと言われるなら、それでもいい」

たいそう辛いことになるな、とは思っても、光烈王は珠泉が無理なら止めようと思っていた。気持ちが通った以上いつでも機会はある。怯えさせて無理やりするより、互いに歓喜に満ちて抱き合う方がいい。

「や、する……」

珠泉の手が光烈王の腕を掴んだ。

「では、息を吐いて。わたしの指が動かせるように」

「指が……?」

無意識に繰り返した珠泉に、光烈王が「ここです」とわざと奥で動かしてみせると、ぱっと頬が染まった。

「光烈は、意地悪だ」

拗ねたように言ってもう一度顔を覆いながらも、珠泉は浅い息をついてなんとか身体の力を抜こうと務めた。

「そうです。お上手ですよ」

「い、言うな……」

光烈王が言葉にすると余計に羞恥を誘うようだ。それを見ているのも一興、と思ったがあまり虐めて嫌がられては元も子もなくなるので、光烈王は後孔を解すことに専念した。

指を引き抜き、もう一度唇を寄せる。何度も唾液を送ってから、今度は指を二本で試してみる。多少解れてきたのか、なんとか奥まで届かせることができた。

その二本の指を中で広げ、隙間から舌を差し込んだ。

「光烈、もう、嫌だ」

珠泉が濡れた声を上げた。内部を舌で舐められるのは、異様な感覚がするものらしい。嫌だと言われても、やめればここまでだ。指と光烈王自身ではかなり大きさも違う。せめて中を十分に濡らし解して、少しでも苦痛を和らげるよう努力するしかないのだが。

光烈王は指を動かすのを止めた。

「ここまでに、しますか？」

「……、挿れないのか」

「まだ無理です」

珠泉の吐息のような声が聞こえた。聞き取れなかったので尋ね返すと、ぽすぽすと肩を叩かれた。叩いた手は、すぐにまた顔を覆ってしまう。光烈王が表情を見る隙もない。

「続けろ、と言った。何度も言わせるな」

顔を押さえたままだから、声はくぐもって聞こえる。どんな顔で言ったのか見たい、と痛切に思ったが、今手を引き剝がせば、癇癪《かんしゃく》を起こしそうだ。激しい羞恥と、その先へ進みたい欲求が、珠泉の中で鬩《せめ》ぎ合っているのが伝わってくる。

光烈王は懸命にも黙ったまま先に進んだ。

指を引き抜き、今度は三本にする。中を探っていると、突然珠泉の腰が跳ね上がった。

「ここか」

前のときにも探り当てた珠泉の弱みだ。

何度も押して、引っ掻くようにすると、珠泉は喘ぐような息を漏らし、身体を仰け反らせて無意識に逃れようとする。それを腰を押さえて動けなくさせ、集中的に攻めていると、

「光烈、なにか、来る……」

つたない言葉で達しそうだと告げてくる。もじもじと腰は動き、切なく揺れていた形のよい昂りからは蜜が伝っていた。もう何度か刺激するだけで、そのまま遂情《すいじょう》しそうだ。光烈王はそっと指を引き抜くと、自らの昂りを蕾に押し当てた。狭い口が精一杯開いて光烈王を受け入れようとしている。めくれた襞の奥は真っ赤に熟れていて、光烈王は思わず唾を呑み込んでいた。

太い部分が入りさえすれば。

「珠泉、息を吐いて」

無意識に身体を硬くし息を詰めていた珠泉の耳に、光烈王が囁きかける。

「愛していますよ」

顔を覆っていた珠泉の手が外れた。見開かれた瞳の奥に、汗を浮かべた自分の顔が映っている。きっと情欲に溢れた醜《みにく》い顔だ。見たくない、と思わずその眸を塞ごうと手をかざしたとき、珠泉は花のような笑みを浮かべた。そして、その笑みのまま、

「きて」

と唇が動いた。

それまでも、逸り立って我を忘れそうな自分をぎりぎりで堪えていた。珠泉を傷つけてはいけない、怯えさせてはいけない、と。それが音を立てて弾け飛んだ。光烈王は一息に奥の奥まで自らの腰を突き入れた。

「あぁぁっ」

珠泉の喉から悲鳴が迸った。しかしもう、どうにも止めることができなかった。突き入れた奥で、何度か揺さぶるように抜き差ししてから、一度入り口近くまで引き、そしてまた奥まで攻め入っていく。

「あっ、あっ」

珠泉の唇からは、揺さぶられるたびに声が漏れていた。痛みからなのか、それとも快感もあるのか。頭の中が炙られたようになって腰を動かしている光烈王には、わからない。ただ、その腕が背中から腰に回るのを感じ、抱きついてくるのを知って、許されたのだと悟った。

酷いことをしているのは自覚している。途中まではこれ以上ないほどに慎重にしていたのに、理性が飛べば野獣と変わりない。どれほど貪っても足りない。激しい抽挿を繰り返し、これほど無茶をしていれば、もしかするとどこかを傷つけたかもしれない。それを珠泉が受け入れてくれたということに、目の眩むような歓喜を覚えた。

せめて珠泉も感じてほしいと、揺れていた昂りを握り取った。少し力は失っていたが、光烈王が触れることで、珠泉のそれはみるみる力を取り戻していく。

奥にある珠泉の弱みを抉り、蜜の溢れる昂りの先端を押し潰し、そして無理やり顔を伏せて、胸の尖りを歯で嚙んだ。珠泉にすれば、ひとたまりもなかっただろう。

「光烈、出る……」

珠泉が掠れた声を上げた。そのままどくっと白濁を噴き上げる。光烈王は、搾り取るようにして最後の一滴まで掌に受け止めた。

珠泉の胸が激しく動悸《どうき》を刻んでいる。達したまま、心はどこかを浮遊しているようだ。それでいて、珠泉の内部は、光烈王を離すまいとしっかり締めつけていた。襞が蠕動し、ひっきりなしに快感をもたらしてくれる。危うくつられそうだったのを、なんとか堪えきったのだ。

「もう一度」

珠泉がうっすら眸を開けるのを待って、光烈王は再び腰を動かし始めた。大きく回すようにしたあとは、真上から深々と打ち込み、何度も珠泉を呻かせた。二度達している珠泉自身が、快感に促されて健気に立ち上がろうとしていた。それに手を添え、揉むようにして育ててやる。

浅く深く、角度を変えて責め立てていると、珠泉が、譫言のような声で光烈王を呼んだ。

「光烈……、こう、れつ……」

甘く擦れた声は、光烈王の欲望を限界まで駆り立てた。ひときわ強く突き込んで、珠泉の内部に熱い迸りを注ぐ。何度も断続的に吐き出して、最奥を濡らし珠泉に艶声を上げさせた。

「あつ、い……、熱い…」

すでに配慮する理性などはないのだろう。光烈王の背中に力を込めて縋り付き、火傷を覆っている包帯にも遠慮なく爪を立てていた。もちろん、光烈王の方も、痛みなど感じていない。

荒い息が収まる頃、光烈王は居心地のよい珠泉の内部から自身を引き抜いた。居座っていては、前回のように気を失うほど攻めてしまいそうなのだ。

「ん……」

淡い吐息が珠泉の唇から零れた。その吐息ごと、光烈王は掬い上げるようにして口づけた。深くは貪らず、ただ押し当てて、軽く吸い上げる。

珠泉が眸を開けて光烈王を見た。柔らかな笑みが浮かんでいる。自分が腕を背中に回してしがみついていたことに気づくと、慌てたように放そうとする。

「大丈夫、珠泉」

「でも、火傷……」

「あなたを抱いている間、忘れていました」

言いながら身体を横にずらし、珠泉を抱き寄せた。たおやかな身体が素直に寄ってくる。

「こうしてあなたを抱いて眠ること。それがわたしの皇帝への道でした」

「ずいぶん安手の皇帝だな」

くすくす笑いながら珠泉は甘えるように頭を擦りつけていた。懐いたようなその仕草を愛おしく感じながら、光烈王は深い吐息をついた。彼にとって、ここが終着駅だ。珠泉を手に入れたいと願った二十二歳のときから七年間。ただひとつの目的に向かって手を伸ばし、突き進み、誰もが不可能だと言った皇帝位を手に入れた。それもただ、聖帝である珠泉を我がものにしたいがゆえ。

今願いが叶い、愛しい存在をこの腕に抱く。一度は手に入れたと錯覚し、それが勘違いとわかって絶望の淵に叩き落とされた。それでも望みは捨てなかった。そしてようやく。

光烈王は夢ではないことを確かめるために、腕の中の珠泉を覗き込んだ。

「わたしをお好きですか？」

珠泉は目元を薄く染め、こくんと頷いたあと、恥ずかしかったのか、胸に顔を押し当ててきた。

「よかった。今度は好きらしい、ではないのですね」

「馬鹿」

甘く責める声が聞こえ、とんと胸を叩かれた。

しっかりと珠泉を抱き締め直し、腕に擦り寄る感触に微笑みながら、光烈王は眸を閉じた。深い満足に包まれて眠りに導かれる。身動きのたびに傍らにある温かい身体を抱き締め直していたが、やがてその意識も完全に深淵に沈んでいった。

珠泉がするりと腕を擦り抜けたことも気づかず眠り続け、

「光烈、好き、という感情は切ないものだな。自分のことより、相手の幸せを考えてしまう。光烈が安泰であるために、私がしなければならないことがある。これが互いの幸せに繋がる道であることを心から願う」

耳元で囁かれたその言葉も、意識には届かなかった。

眸を開けると、史扇がいた。状況が摑めず、光烈王は一瞬だけ混乱した。しかしすぐに気がつき、傍らを探る。

「珠泉？」

空虚《くうきょ》な気配に飛び起きて、周囲を見回した。

「聖帝陛下はどちらに」

傍らに立つ史扇を見上げて問う。

「臨陽にお帰りになりました」

史扇が感情を殺したような声で答えた。

「なんだと？　嘘を言うな」

「嘘ではありません」

くつろいでいた顔が瞬時に引き締められる。頭の中を様々な思惑が走り抜け、峻烈な眼差しが史扇を射抜いた。

「華王朝の使いは適当にあしらえと命令しただろう」

「あしらおうとしたのですが、聖帝陛下が自ら立ち会われまして、帰る、と仰せになりました。使者の前で言われては、引き留めることもできず」

光烈王は信じられない、と首を振りながら史扇を見つめた。

「……残念です」

項垂れた史扇を見て、珠泉自らの希望でこの地を離れたのだということがようやく光烈王の胸に染みてくる。

「そんな、どうしてだ。なぜあなたは。……珠泉」

呆然としたまま、光烈王は顔を押さえた。

「聖帝陛下から、お預かりしました」

史扇は、光烈王の苦悩から眸を背けるようにして掌を差し出した。玉が一個載っている。

光烈王が贈った麟鉱石の耳飾りだ。

「これを、返すだと……」

あとは言葉にならず、ぎりぎりと歯を食いしばった。やり場のない怒りを、拳で牀に叩きつける。

「片方だけです。もう一方は、持っているから、と」

「……それが、なんになる。珠泉がいないのに、こんなもの」

光烈王は玉をひったくって壁に投げつけた。史扇にあたっても仕方がないとわかっていて、詰ってしまう。どうして止めなかったと、全権を預けたのは、珠泉を返すためではな

いと、責める言葉しか浮かんでこない。

史扇は言い訳はしなかった。立ち上がって光烈王が投げつけた玉を拾い、傍らの卓に置く。さすがに麟鉱石の玉、手荒に扱われたというのに傷ひとつない。

「捨てろ」

光烈王はぷいとそっぽを向いた。

「片方は、聖帝陛下がお持ちなのですよ。心が繋がっている証ではないですか」

「うるさい。繋がっているなら、帰るはずがないだろう」

言いつのる光烈王を説諭《せつゆ》するのも無駄と思ったのだろう。史扇は報告だけを手早くすませた。

「包囲していた軍は、速やかに引きました。朝廷を開けば各国とも大使を送ってくるそうです」

「そんなもの……」

「そうはお思いでしょうが、皇帝の責務は果たさなければなりません」

光烈王はむっと押し黙ったままだ。史扇は頭を下げ、きびすを返した。戸口で立ち止まり、

「薬師の薬だけは飲んでおいてください。火傷の糜爛《びらん》を防ぐ薬だそうですから」

ひと言だけを言い残したが、それにも光烈王の返事はなかった。

机の上の書類を、光烈王はふんと横に退けた。それを史扇が元に戻す。光烈王がじろりと史扇を睨む。史扇はさりげなく目を逸らし、

「決済を」

と促した。

火傷の痕がまだ完治していない光烈王は、普段より柔らかな衫を身につけ、袍はふわりと羽織っているだけだ。日に四度も薬師が薬を替えに来るので、きちんとした正装ができないでいる。

「不可」

史扇の言葉にひと言で答え、光烈王はまた書類を脇に除けた。

「兄君、朝廷へ派遣される大使を承認せずに、政が行えましょうか」

「珠泉ぬきで朝廷を開く気はない。それは華王朝側にも言ってある。そもそも、どうしておまえがここにいる。裁可の仕事は宰相の担当だろうが。と、そうか、今は宰相位は空い

ていたな。では正卿の長官か次官。彼らはどうした」

「……皆、病で休養中です」

「長官、次官のすべてがか？」

「兄君の怒気にあたって引きつけを起こしたのです。わたしが届けを受理しました。正卿が揃って、兄君が出兵を命ずる会議を開かれても困りますし」

光烈王は行儀悪く鼻を鳴らした。もともと察しのいい弟だが、このところ先手先手と打たれているのが腹立たしい。

珠泉が帰ったと聞いて、追う、と決めたのに、眸が覚めたら翌日の夜になっていた。史扇が飲むように言い置いた薬湯に、眠り薬が入っていたのだ。しかも前後不覚に眠り込んだ自分はいつのまにか宮殿へ移されていて、自室の寝台で起きることになった。武人として情けない限りだ。

珠泉を失った睡眠といい、今回のこれといい、自分は寝ると運が逃げていく、と光烈王は睡眠時間を削った。そして改めて華王朝を倒す兵略を練り始めた。

以前は皇帝になればよかった。しかし今度は華王朝を倒すまで行く、と決めている。さもなければ、永遠に珠泉は手に入らない。持ち回りで華王朝から政権を預けられて皇帝になるのではなく、自分で帝位に上ってやる。有無を言わさず珠泉を帝位から引きずり下ろし、一貴族として、あるいは庶民として、我が手に抱く。それなら、どこにも差し障りはないだろうし、誰にも文句は言わさない。

ときおり、望みを無視されてしょんぼりする珠泉の幻影が浮かんだ。華王朝の官たちは、珠泉を崇め棚の上に祭るだけで、その意志は完全に圧殺している。あんな連中に、珠泉はやれぬ。

考えるだけで憤怒が湧き起こり、いても立ってもいられなくなる。

「愛しているのに、珠泉。どうしてわたしを置いて」

口にすると、怒りと哀しみが湧き起こる。ひとりでも走り出しそうな己を、ぎりぎりのところで引き止めていたのは、最愛の恋人をこの手に取り戻すには、緻密な作戦と果断な行動力が必要だと告げる冷静な理性だ。闇雲に飛び出しても空を摑むだけ。

そう言い聞かせ、今は身体を癒《いや》すことに専念している。火傷のせいで筋肉が引き攣《つ》る感覚が抜けず、剣を振るうときにやや不都合がある。戦場ではこうした些細な違和感が、生死を分けることがあるのだ。だから日に四度の、煩雑《はんざつ》な薬の取り替えも我慢している。

その間に、どう攻めていくか、各地の地図を出して知恵を絞っている。史扇は反対だと言い、国政を預かる正卿たちの了承も得られない。だが全員の反対があっても、光烈王は押し切るつもりでいる。

華王朝の首都臨陽は、どの国からも等距離にある、いわば中心となる国だ。そしてよほど辺境に都邑を置かない限り、各国から臨陽への主要道路は完備されている。兵略から言えば攻めやすい都だった。

臨陽の守りは城壁や要害ではなく「ひと」だと言われている。政を各国に預ける限り、華王朝が攻められることはない。政権を握りたいなら、そのときの皇帝を倒せばよいのだ。だから臨陽の警備は簡略化されていて、平時は一旅しか常備されていない。攻略は十分可能だ。

「兄君」

「なんだ、まだいたのか」

自身の思いに沈み込んで、史扇の存在を忘れていた。

「決済をいただくまでは下がれません」

「しつこいな。必要なら勝手に花押を押していけ」

そこにある、と机の脇にある王の玉印を顎で差す。史扇の眸が厳しい光を帯び、だん、と机を叩いた。

「兄君。いい加減にしてください。わたしが玉印を押し署名することが何を意味するか。あなたを廃しわたしが王位につくということなのですよ」

「王位など、くれてやる。勝手にすればいい。俺は皇帝だ」

「兄君……」

史扇が言葉を失ったときだった。国境の警備隊から伝令が届いた。馬を駆け通してきた兵は、息も絶え絶えになりながらその知らせを伝えた。

「華王朝から使者が発せられた、だと？」

先触れが国境に着いたのだという。正式な使者は数日遅れて国境に到着の予定。慎んで奉戴せよという華王朝先触れの命だった。

「今頃、なんの使者だ。皇帝位を廃するとでも言うつもりか」

使者を労るように侍臣に命じ下がらせてから、光烈王は投げやりに呟いた。返せ、というなら返してやろう、と思う。

「それは、ないでしょう。皇帝位を廃するなら、各国にも通知が行っていなければなりません。しかし各国からはこうして大使を通知してきているのですから、そのような知らせは行っていないことになります」

史扇は、兄の投げやりな態度に胸を痛めつつ、頭を捻っている。

「一応、出迎えの使者をこちらからも出しましょう。華王朝の使者には、先に立って露払いをするのが慣例となっています」

「好きにしろ。官が皆病なら、おまえが手配するしかないだろうからな」

史扇は、頬がこけて陰惨な雰囲気をまとわせている兄を痛ましそうに見た。絶望を味わうとひとはここまで変貌するのか、と暗澹《あんたん》とした気持ちを覚える。

聖帝陛下は、今の兄を見たらどう思われるだろうか。自らの選択を後悔するのではないか。

だが、今さらだ。

すべてことは終わり、史扇にも誰にも、もはやどうしようもない。兄にもなんとか乗り越えてほしい、と願うだけだ。

史扇の手配で国境まで迎えが走り、やがて威儀を正した使者が華王朝の令旨を報じて到着した。さすがに正式の使者が来れば、光烈王も正装して玉座で出迎える。左右に居並ぶ官を従え、椅子に座ったまま、光烈王は使者を見た。

きびきびした身のこなしは、明らかに武人だ。年の頃は三十代半ば。整った顔立ちだが眸は鋭い。その眼差しは真っ直ぐ光烈王に向けられて、値踏みしているかのようだった。それをこちらも敵意に満ちた眸で跳ね返す。睨み合いは、使者が礼を取ったことで中断された。

「華王朝から使者として参った王珈と申します」

「王珈？　先日の包囲攻撃の指揮を取った将軍か」

「御意」

この男が珠泉を連れ去ったのかと思うと、悔しさが込み上げてくる。戦には勝っていたのに。

王珈が令旨が書かれた奉書を差し出し、光烈王は受け取った。

「まずはお読みいただいて、その後口頭で付け加えるようにと、言いつかっております」

ざわりと私語がかわされた。変則的なやり方だ。使者の目の前で奉書を広げて読むなど、聞いたこともない。光烈王は使者をじろりと睨んだ。王珈は光烈王に睨まれても平然としている。

光烈王は手の中の奉書に眸を落とした。華王朝の正式文書なら、珠泉の手を経ていることになる。この書簡に、珠泉が触れ、名前を書き入れ御璽《ぎょじ》を押す。その光景をふと思い浮かべると、なにやら巻物にも愛着を覚えた。

末期症状だな。

自嘲しながら、令旨を紐解いた。

『麟国に華王朝聖帝別宮を設ける。速やかに殿舎を建立し、聖帝を遷座せしむべし』

なんだ？　これは。

頭の奥がずきずき脈打ち始める。令旨を持つ光烈王の手が小刻みに震えた。

ちゃんと読んだはずなのに、意味が脳に伝わってこない。言葉の周りに薄い膜がかかっているようで、何度眸を走らせてもぴんとこないのだ。

「別宮？　遷座？　どういうことだ」

光烈王の呟きを漏れ聞いた周囲がざわめいた。

光烈王はもう一度、令旨の文言を一字ずつ辿った。

聖帝遷座。

ようやくその意味が呑み込めた。珠泉が臨陽から移動する。どこへ？　別宮を建てる麟国へ……。

喉の奥に大きな塊が押し寄せてきた。

本当なのか。これもまた毎夜見る夢のたぐいで、眸を開けると白々しい夜明けが待っているのではないかと、疑いが光烈王を捉えて放さない。

使者にひと言問えばすむことなのに、言葉に出せばすべてが儚《はかな》く消えてしまいそうで、声すら出ない。それでも、最後には確かめずにはいられなかった。

光烈王は一度大きく息を吸い、正面に立つ王珈を睨んだ。もしこちらを謀《たばか》っているなら許さない。この手で刺し殺しなますにして捨ててやる。

「王珈将軍、令旨は読んだ。口頭での知らせとはなんだ」

王珈は、光烈王の殺気溢れる凝視を平然と受け止めた。

「では、申し上げます。殿舎建立までの見聞役として、聖帝陛下側近が麟国に滞在いたします。陛下の代理と心得て、扱いに粗略なきよう、留意していただきたい」

「代理？　見張りを置くということか？」

「御随意に御判断くださいませ。……義丹」

光烈王が喧嘩腰なら、王珈も負けていない。言い捨てて、光烈王が眉を寄せるのもかまわず、「義丹」と側近の名を呼ぶ。小柄な身体が随員の中から一歩進み出た。ずっと俯いているので顔は見えないが、光烈王は珠泉に従っていた小姓を思い出す。

あの小姓が派遣されてきたのなら、華王朝は本気で珠泉を寄越すつもりなのかもしれない。湧き上がる希望をしいて押さえつけ、光烈王は義丹を呼び寄せた。

「義丹、もっと前へ。顔を上げよ」

最大の驚愕は、そのときやってきた。

がたんと音がして、光烈王が立ち上がった。眸は信じられないものを見たように見開かれ、身体は稲妻に打ち抜かれたように硬直し、両脇で握り締めた拳がぶるぶると震えていた。

喘ぐように「珠泉」と唇が動く。声にならないそれは、誰にも聞き取られることなく周囲の空気に溶けて消え、次の瞬間、光烈王は弾かれたように玉座を駆け降り、華王朝から派遣されてきた小姓の腕を摑み取った。

「あ、何を……」

小姓が小さく喘いだ。それにもかまわず、引きずるようにして走り出しながら、光烈王は後ろを振り向いて叫んだ。

「殿舎建立は承知した。早速に建設にかかるであろう。史扇、王珈将軍のもてなしを」

それだけ言ったときには、光烈王も小姓も謁見室から消えていた。集まっていた諸官はあっけに取られ、王珈将軍は苦笑いを浮かべ、そして史扇は、兄皇帝の非礼な振る舞いを、華王朝使者に深く詫びることになった。


大股に宮殿通路を突き進む光烈王に、行き交う官たちは、慌てて左右に避ける。睨みつけるような形相を一目見ただけで、彼らは慌てて顔を背け、後ろに引きずられている小柄な侍官を気の毒そうに見た。何やら、光烈王の怒りが炸裂したらしい、と彼らは目を引き袖引き合って囁き合った。

広い外廷を一気に抜け、内廷に戻ると光烈王は足を緩めた。

「光烈、もう少し、ゆっくり……」

喘ぎながらの言葉が、ようやく光烈王の耳に届いたのだ。それまではあまりの勢いにひたすら引っ張られていくばかりで、声も出す余裕もなかったらしい。ぜいぜいと喘ぐ苦しそうな呼吸にも気がついて、光烈王はいきなり立ち止まった。引っ張られていた相手は光烈王の硬い身体にぶつかって、呻き声を上げる始末となる。

「痛っ。光烈。鼻がつぶれる……、ひゃっ」

文句を言いかけた身体が、ふわりと浮き上がった。次の瞬間、力任せにその身体を抱き締めたまま光烈王は手近の部屋に走り込んでいた。

「珠泉、珠泉、俺の寿命を縮める気か」

呻くように言って、光烈王はさらに強く相手を抱く腕に力を入れる。骨が軋《きし》みそうな痛みも、抱かれている珠泉にとっては嬉しい痛みだ。

「光烈。喜んでくれるか？」

「喜ぶか、ですと？　それがわからないとおっしゃるなら、今この場で胸を裂き心臓を取り出してご覧に入れようか」

掻き抱き、引き離して顔を覗き込み、そしてまた夢ではないことを確かめるかのように掻き抱く。

珠泉も広い胸に安心したように抱かれて、うっとりと眸を閉じていた。

「切って出せば、光烈が死んでしまうではないか。このままでよい。耳をあてるだけで、光烈の心臓が歌っているのが聞こえる」

「なんと言っておりますか？　我が心臓は」

「私に会えて、嬉しいと」

「よくできました」

ようやくこれが現実だと実感できたのか、光烈王は珠泉を抱え込んだまま側の長椅子に腰を下ろした。膝の上に珠泉を抱え込んで、飽かず眺め入っている。一応小姓、という触れ込みだったので、冠は被っていなくて布帛で髪を包んでいた。着ているものも綺羅綺羅しいものではなく、ごく普通の絹織物で仕立てられていて、あっさりした風合いが、逆に珠泉の清らかな美貌を引き立てていた。

膝におとなしく座っていた珠泉が手を伸ばして、光烈王の背に手を回した。そっと試すように撫でている。

「火傷の怪我は癒えたのか？」

「もうとっくに」

多少違和感は残っているが、光烈王は笑って大丈夫だと答えた。

珠泉の手は、今度は光烈王の頬に伸ばされた。なめし革のような浅黒い肌を撫で、眸の下に指を這わし、じっと瞳を覗き込む。

「痩《や》せたか？」

「どうしてですか？」

光烈王が聞き返すと、珠泉はもう一度眸の下にほっそりした指をあて、

「ここに隈《くま》ができていて……」

言いながら指を動かして眦をなぞった。

「ここには、この間はなかった皺が刻まれている」

「窶《やつ》れたかもしれません。珠泉がひと言もなくわたしの側からいなくなったせいで」

「ひと言もなく？」

珠泉はむっとしたように光烈王を見上げた。

「史扇に伝言を頼んでおいたぞ。聞かなかったのか？」

「どのような……、ああ、玉をお預けになったことですか？」

「そうだ。聞いているではないか。もう一方はずっとここに」

ぱっと表情を和らげた珠泉は、片方だけつけている耳飾りを示して笑顔になったが、今度は光烈王の眉が寄せられた。

「玉が、伝言とは。言葉もなきものをわたしが理解できるはずが」

すると言葉より手が飛んできた。ぱちんと頰を叩かれて、光烈王は眸を見開いた。

「光烈が言ったのではないか。麟鉱石の玉は、永遠の愛の証だと。だから私は史扇に、耳飾りの片方を託したのに。いつどんなときも、この玉でふたりは結ばれているからと」

詰って、悔しそうに唇を嚙んでいる。光烈王は言葉もない。

「申し訳ありません。自らの苦しさに囚われて、あなたのお気持ちを慮《おもんぱか》ることをしませんでした。このような浅薄《せんぱく》なわたしには、せめて何かひと言、言葉を残していただきたかった」

「残すには、光烈を起こさなければならなかった。そうすればきっと私は、正しい行動が取れなくなる。未来の災《わざわ》いに目を瞑って光烈にしがみつき、そして諸共に滅《ほろ》びの道を歩んでいただろう」

「わたしはそれでもよかったのですが」

思うままに答えると、また珠泉に睨まれた。

「何を言う。民を見捨て、国を見捨て、帝国をないがしろにして、誰が幸せを許してくれる。光烈と共に生きるためには、最低限、周囲の寛容《かんよう》を必要とする。そのための努力をちゃんとして、そして認めてもらわなければならないのだ」

「……参りました。わたしは軍を率いて攻め入り、そしてあなたを取り戻すとしか考えられませんでした。まさに下の下策でしたな」

珠泉は光烈王の身体に腕を回して抱きつきながら、

「そなたはもっと賢《かしこ》いかと思っていた」

と呆れたように言った。

「犠牲を出せば、怨嗟《えんさ》を呼ぶ。怨嗟は私たちの上に降り積もって、やがて引き裂こうと策謀の花が咲く。共に生きたいと願うのなら、そのような覇道は納めておくがよい。……私が臨陽に戻って根回しをしたのは正解であったな」

得意そうに胸を張るから、光烈王は内心で苦笑しながら、表面は神妙《しんみょう》な顔をして、

「どのような根回しをされたのですか？」

と、尋ねた。以前に見た臨陽での珠泉は官の言いなりで、自分の意志も意見もないことにされていた。その中で、根回しなどできるはずがないと思ったのだが、現に珠泉はここにいるわけで。いったいどんな奇跡が起きたのだろうと、興味深く珠泉の言葉に耳を傾けた。

「うん。まず宰相や華王朝の要人を集めて、なぜ麟国に行ってはいけないのかと尋ねた。これまでの慣習が、とか、聖帝は臨陽におられなければ、とか、いろいろ言っていたが、よく聞くといけない理由などないことに気がついた。現に歴史を記録する史官に調べさせたら、皇帝の国に下って、共に政を執った聖帝は皆無ではなかった。なので、行く、と宣言したのだ」

いや、それは根回しというものではなくて、正面から正論を叩きつけたのでは、と光烈王は思った。正論だからこそ、官たちが逆らえなかったのだ。が、理由はどうあれ、珠泉自身が動いて遷座を勝ち取ってくれたのかと思うと、流されるだけだった珠泉を知っているだけに、嬉しくてたまらなかった。

「それで、あなたが義丹としてここにおられる理由は？　もちろん、わたしには嬉しい驚きでしたが」

「王珈に、少しでも早く麟国へ行きたいと言ったのだ。さもないと光烈が無茶をするかもしれないと脅して。そうしたらうまく計らってくれた。もっとも王珈は、いつも私に優しいから、脅さなくてもきっと力になってくれたとは思うが」

王珈の名前を出されて、光烈王の機嫌が一時的に下降する。睨んでも平然と流す面《つら》の皮の厚さは、もともと気に入らなかったが、珠泉が笑顔で王珈のことを話すのを聞くにつれ、

ますます嫌いになった。

「……王珈将軍には、のちほど相応の礼をいたしましょう」

したがってその言葉は棒読みの台詞《せりふ》のようになったが、珠泉は嬉しそうに頷いた。それもまた気に入らず、どうしてやろうか、と光烈王が意識を逸らしたとき、珠泉がつんと袖を引いた。

たちまち蕩けそうな笑顔が珠泉に向けられる。珠泉もそれを見て嬉しそうに笑ったが、ふと、瞼を伏せた。

「光烈、これからずっと側にいられるのだな」

確かめるような、または自分に言い聞かせるような珠泉の言葉に、光烈王ははっと胸を突かれた。

「いられますとも」

力強く頷いた光烈王に、珠泉はさらに止《とど》めの追い打ちを掛けた。

「でも、さっきから喋ってばかりで、口づけもまだなのだが」

慎ましやかに、しかしはっきり要求してくる珠泉にあっけに取られ、そして愛しさが込み上げてきた。光烈王は、珠泉を抱き締め、小さな顔を包み込んで望み通り口づけを奪った。そして共に深い陶酔《とうすい》に落ちていったのだった。

あとがき

こんにちは、または初めまして。なんと今度は中華風のお話に初挑戦です。皇帝繋がりでどうですか、と担当様から提案されたとき、楽しそうですねえと乗ったのが運の尽き（笑）。とはいえ、どこから手をつけていいのやら。

まずは下準備で、手当たり次第に歴史小説を読みあさりましたよ。それから目処《めど》をつけて、今度は資料調べ。人の名前、国の名前、そして日常使う道具類や服装、建物その他の呼称が、日本とは全く違うことが多いので、プロットを組むまでもたいへんでしたし、それが通って書き始めてからも、手が止まってばかりでした。ベッド、じゃないよね、なんていうんだろ、とか、着物？　違うあれは袍とか衫とかだったはず等々。カタカナが使えないのがちょっと辛かったり（笑）。

お話自体は楽しく書けたのですが、前段階の準備が……。それらしくなっているでしょうか。とっても心配です。

内容は、実は当初二種類考えていました。皇帝と皇帝がぶつかり合い、一方が捕虜になる設定と、皇帝（この場合は聖帝）に一目惚れして、彼を手に入れるために皇帝位まで駆け上るお話。担当様と相談した結果、後者のプロットで進めることになりました。

実は内心書きたいなあと思っていたのはこちらでしたから、とてもラッキーでした(笑)。だって聖帝を手に入れるために、自分も皇帝になってしまうんですよ。シレジアシリーズで、恋人のために国を変えようと革命家になっちゃった男と、どこか似ている気宇《きう》の壮大さにとてもそそられました。ま、あちらは途中で挫折（笑）、こちらは成就したという違いはありますが。

参考にしたのは周王朝の後期です。覇者の時代。王様はいるけれども、実質諸侯を動かしていたのはその中の覇者だったという……。日本の朝廷と幕府の関係も、意識にありました。作中の華王朝は、これらをもう少し派手めに設定したものです。

珠泉《しゆせん》の名前はすんなり決まったのですが、攻め役の皇帝の名前がなかなか決まらず、橘《たちばな》が考えたのが輝王雄麒子《きおうゆうきし》、担当様が考えてくださったのが光烈王翔麒《こうれつおうしようき》。響きと字面から光烈王に決まりました。書いてみると、実にすんなり嵌る名前で、太陽のような輝きを放つ王として、大活躍をしてくれました。珠泉が惚れてもおかしくない設定に勝手になってくれて（笑）、名前ってほんとに大切だな、とつくづく思いました。

珠泉にしても、天然で麗しくて清らか、とそんなイメージを託して命名したのですが、まんま、世間知らずの陛下になってくれました。灼熱シリーズの猊下《げいか》とタメを張るような御方ですね。こちらの方が、随分とお可愛らしいのですが（笑）。

　国の名前も、担当様との合作です。橘は、史実にあった国名をもじったような名前をちょろっと（笑）つけていたのですが、せっかくですからステキなのを考えましょうよ、との提案で、宝石の名前をつけた国々が誕生しました。翡翠、水晶、珊瑚、琥珀、そして主人公の国は麒麟から、王朝名は華やかな方がいいと華王朝。煌びやかすぎて、名前負けしていないといいけれど、と今度はそちらが気になり出しましたよ（笑）。

　ところで華王朝は珠泉で十九代、四百年は続いている王朝です。今回書いた彼ら以外にも、様々な聖帝と皇帝が存在したはずで、いろいろなストーリーが勝手に湧いてきます。続きが出ると決まっているわけではないのですが（汗）。

　たとえば聖帝が、自分で政務を執りたいと思うような有能な男だったら、皇帝とぶつかるだろうなとか、もし生まれ変わりの聖帝が見つからず、偽りの聖帝が立っていたら、そして途中で本物が現れたらどうなる、とか。聖帝側が攻め、でも面白そう。また、王朝に属する国々の外にも、いろいろな国がひしめいていたわけで、彼らとの攻防もドラマになりそうですね。互いのプライドがぶつかり合って、大戦勃発？　とかになったりして（笑）。うっかり聖帝が捕虜になったらどうなるのでしょう……。リクエストなどいただければ、もしかすると書かせていただけるかもしれませんので、是非よろしくお願いします（ぺこり）。

皇帝繋がり、ということで、担当様は別の提案もしてくださいました。いわゆる夜の帝王はどうでしょうか、と。とってもそそられる提案です。読者の皆様はいかがでしょう。楽しく書いたあとがきも、もう終わりです（しくしく）。最後に恒例のお礼の時間。

このお話の進行中に、担当様が代わりました。前担当様、本当にお世話になりました。親身になって面倒を見てくださったおかげで、まだ小説を書いていられます。心からお礼申し上げます。今回のお話にしても、こういう少し変わった設定が好きなんだなあ、とつくづく実感しました。提案していただいて嬉しかったです。そして新担当様、これからよろしくお願いします。

イラストを描いてくださった、汞《みずかね》りょう先生。またご縁ができてとても嬉しいです。中華のお話でしたので、衣装、背景等でたいへんお手間を取らせたと思いますが、麗しいイラストをありがとうございました。

読んでくださった読者の皆様、このお話はいかがだったでしょう。感想のお手紙なりメールなりをいただければ、とても嬉しいです。

それではまた。どこかでお逢いできますように。

橘かおる

天翔《あまかけ》る光《ひかり》、翠楼《すいろう》の華《はな》

プラチナ文庫をお買いあげいただき、ありがとうございます。
この作品を読んでのご意見・ご感想をお待ちしております。

★ファンレターの宛先★
〒112-0004　東京都文京区後楽 1-4-14
プランタン出版　プラチナ文庫編集部気付
橘かおる先生係 / 汞りょう先生係

各作品のご感想をWEBサイトにて募集しております。
プランタン出版WEBサイト http://www.printemps.jp

著者——橘かおる（たちばな かおる）
挿絵——汞りょう（みずかね りょう）
発行——プランタン出版
発売——フランス書院
〒112-0004　東京都文京区後楽 1-4-14
電話（代表）03-3818-2681
　　（編集）03-3818-3118
振替　00180-1-66771
印刷——誠宏印刷
製本——小泉製本

ISBN978-4-8296-2377-0 C0193

プラチナ文庫
Platinum Label

年下の殿下は、
過激なテロリスト♥
◆◆◆◆◆◆◆◆◆◆◆◆◆◆

灼熱の楔につながれて

橘かおる
イラスト／亜樹良のりかず
◆◆◆◆◆◆◆◆◆◆◆◆◆◆
晄は、テロリストのアスーラが国を追われた皇太子だと気づく。そして地下宮殿を知ってしまったがゆえに、その寵姫の間に鎖で拘束されてしまい——。危険なゴージャス・ロマン♥

身分を捨て、永遠の愛を誓う
——殿下の灼熱愛♥
◆◆◆◆◆◆◆◆◆◆◆◆◆◆

灼熱の闇に魅せられて

橘かおる
イラスト／亜樹良のりかず
◆◆◆◆◆◆◆◆◆◆◆◆◆◆
「こちら側も舐めたらどうなるかな」王族である恋人のサイードと言い争い、強引な愛撫に啼かされた志岐。そのうえ美貌の猊下・ユサファに攫われ、軟禁されてしまい⁉

●好評発売中！●